행복했으면 좋겠어

너에게는 늘 따스하고
예쁜 날들만 가득하기를

행복했으면 좋겠어

너에게는 늘 따스하고
예쁜 날들만 가득하기를

이보람 에세이

작가의 말

살다 보면 어떤 날들은 유난히 길게 느껴지고 어떤 순간들은 지나치게 무겁게 다가옵니다. 매일같이 새로운 하루는 시작되지만 그 안에는 일일이 크고 작은 슬픔들이 스며들어 우리를 흔들어 놓곤 합니다. 그래서 때로는 아무렇지도 않은 얼굴을 하고 있지만, 속으로는 숨이 막힐 듯 답답하고 너무나 힘들어 주저앉고 싶어지기도 합니다.

하지만 돌이켜보면 그런 순간마다 나를 일으켜 세워준 건 거창한 희망이나 대단한 성취가 아니었습니다. 누군가가 건넨 짧은 위로의 말, 지친 날 불쑥 내민 따뜻한 손, 사랑하는 사람이 건넨 꽃 한 송이. 그런 작은 순간들이 나를 다시 일어서게 했습니다.

　세상은 여전히 험난하고 우리를 슬프게 하는 일들은 끝없이 찾아오겠지만, 그럼에도 불구하고 우리는 살아갑니다. 그리고 살아가는 동안 누군가의 따뜻한 말 한마디, 가만히 건넨 작은 응원이 누군가의 마음을 지탱할 수 있다면, 그만큼 아름다운 일도 없을 것입니다.

　이 책이 그런 위로가 되기를 바랍니다. 지쳐 있는 당신에게. 마음이 무너지는 순간을 지나고 있는 당신에게. 힘든 하루 끝에 한숨을 내쉬는 당신에게. 이 글이 조금이라도 따뜻한 바람처럼 다가가길 바랍니다.

　당신에게 부디
　따스하고 예쁜 날만 가득하다면 좋겠습니다.

목차

01.

작은 것의
힘

02.

감정
취급법

03.

비우는
삶

04.

흐린 뒤
맑음

작은 것의 힘

누군가에겐
위로였다

어쩌면 지금도 당신은 자신이 아무런 쓸모도 없다고 무한히 낙담하고 있을지 모른다. 나는 매일 실패만 거듭한다며 끝없이 자책하는 날들을 보내고 있을지도 모른다. 매일 아침 눈을 뜨며 느끼는 그 쓸쓸함은 내가 이 세상에 살아 있어도 되는지를 의심하게 만들고 당신을 끝없는 어둠 속으로 데려가려고만 할 것이다.

그러나 당신이 그 모든 아픔과 좌절을 느끼고 있는 와중에도 세상 어딘가에는 당신을 위로로 삼은 누군가가 반드시 존재한다는 사실을 기억해주었으면 한다.

당신이 아무리 자신을 작게 여기고 낙담하더라도, 당신의 미소 한 번과 지나가듯 건넸던 말 한마디가 누군가에게는 깊은 위로와 큰 용기를 주기도 했을 것이다. 당신의 존재가 누군가의 삶에 따스한 안식이 되어 주었음을 지금은 알지 못하고 있더라도 말이다. 때로는 자신의 가치를 깨닫지 못하는 순간들이 찾아오더라도 당신은 누군가에게는 큰 힘이었고 오늘도 누군가에게 위로가 되어주고 있다.

고개를 들기를 바란다. 지금의 당신이 밤하늘의 별빛처럼 여름날의 시원한 물처럼 누군가에게 소중한 희망이 되었다는 사실을 잊지 말길 바란다. 당신의 존재는 전혀 헛되지 않다. 그 따스한 온기가 이미 세상에 큰 의미를 전해 주고 있다. 당신은 분명 누군가의 위로다. 지금껏 그래 왔듯 앞으로도 계속 그럴 것이다.

다
지나간다

　　슬프고 화가 나는 마음을 혼자서는 도무지 감당할 수 없었던 때, 가슴속에서 끓어오르는 것들을 버티지 못해 어쩔 줄을 몰라했던 때가 있었다. 그때 나는 매일 거리를 돌아다녔다. 밤마다 어디가 됐건 오래 걸어야만 겨우 그 마음들을 가라앉히고 집에 들어가서 잘 수 있었다. 그 마음의 출처는 좀 복합적이고도 복잡했다. 사랑도 우정도 마음대로 되지 않았고 꿈은 거창한데 현실은 너무도 초라했다. 나는 매일 똑같은 길을 걷고 또 걸으며 언젠가는 이 길을 걷지 않아도 마음이 괜찮은 날이 와주기를 바라고 또 바랐다. 그렇게 몇 년이 흘렀다.

며칠 전에는 아주 오랜만에 여유가 생겨서 밤 산책을 했다. 날씨도 괜찮았고 거리에 사람도 없어서 기분 좋은 마음으로 걸었다. 이런저런 생각을 정리하고 오랜만에 좋아하는 노래를 따라 부르기도 했다. 그러다 문득 익숙한 느낌이 들어 주변을 둘러보았다. 이상한 기시감이었다. 그곳은 정말로 내가 아는 곳이었다. 산책을 하던 길은 다름 아닌 몇 년 전에 매일같이 걷던 그 길이었다. 제발 이 지옥 같은 길을 그만 걷고 싶다고 생각했던 그 길. 소름이 돋았다. 한때는 지옥처럼 여겨졌던 곳을 콧노래를 부르며 걷고 있었다니. 나 언제 괜찮아졌지?

몇 년 동안 도대체 무슨 일이 벌어졌기에 지옥 같았던 길이 그토록 예쁘게 느껴지는 걸까? 아무리 생각해 봐도 알 수 없었다. 그러다 내가 내린 결론은 눈으로는 알아챌 수 없는 느리지만 분명한 변화들이 있었기 때문에 괜찮아진 게 아닐까 하는 거였다.

산다는 것도 그와 닮았다.

정확히 하나하나 이유를 찾을 수는 없지만, 그래서 무엇 하나 제대로 알 수 없는 것이 인생이지만, 결코 영원한 건 없다. 영원한 건 없다는 말은 때로는 너무 섭섭하게 들리기도 하지만, 또 때로는 너무 다행스럽게 여겨지기도 한다. 내가 지금 느끼는 부정적인 감정도 결국에는 끝난다는 뜻이기 때문이다.

앞으로도 그렇겠지. 뭐가 됐든 내가 살아가면서 느끼는 감정들이 계속 나를 힘들게 할 것 같지만 그래도 영원하진 않을 것이다.

그래. 다 지나간다.

늪

사람들 앞에서 '당신의 가장 행복했던 때를 떠올려보라'고 하면, 단번에 자신의 가장 행복한 과거의 장면을 떠올리는 사람은 거의 없을 것이다. 하지만 반대로 '가장 슬펐던 때나 힘들었던 때를 떠올려보라'고 하면 누구라도 금방 자신의 가장 어두웠던 시절을 떠올려낸다. 당연한 일이다. 그만큼이나 우울은 어쩌면 기쁨보다 우리 곁에 더 가까이 있는 감정이다. 우울에는 늪과 같은 성질, 그리고 사람을 중독시키는 성질이 있기 때문이다.

한번 우울의 영향권에 발을 내디디면 우울은 아래에서부터 천천히 나를 집어삼키기 시작한다. 마취라도 된 것처럼 좀처럼 눈치채지 못한다. 천천히 우울이라는 감정에 매몰되기 시작한다. 우울감은 정말로 늪과 같아서 한 번 그 감정을 느끼기 시작하면 벗어나기 힘들다.

그때 필요한 것은 누군가의 도움이다. 험한 꼴을 보여주기 싫고 피해를 끼치기 싫다는 생각에 주저하는 와중에도 당신은 천천히 우울에게 집어삼켜지고 있다. 창피함도 미안함도 괜찮아진 뒤에 느끼면 되고 고맙다는 말도 미안했다는 말 역시 그때 건네면 된다. 당신에게 손을 뻗은 그 사람은 피해를 보기를 자처하는 사람이 아니라 나서서 당신이 행복해지기를 바라는 사람이다.

믿을 만한 사람이 한 명이라도 보인다면, 이제는 주저하지 말고 내 상태를 알리고 도움을 받자. 내가 힘들고 지쳤다는 것을 말할 줄도 알아야 한다. 그렇게 도움을 받아서라도 우울이라는 늪에서 벗어나고 하루만큼씩 그 감정으로부터 멀어져야 한다. 내 상태가 어땠는지 앞으로는 어떻게 지냈으면 좋을지를 스스로 깨닫고 앞으로의 삶을 위한 공부로 삼아야 한다.

자신의 우울을 털어놓는 것은 잘못된 것이 아니다. 나약한 것도 아니다. 그만큼 믿을 만한 사람이기 때문에 털어놓는 것이다. 혼자만의 힘으로 되지 않을 땐 기댈 줄도 알아야 한다. 당신은 얼마든지 괜찮아질 수 있는 사람이다.

달을 보는
사람처럼

달은 어디에나 있지만, 보려는 사람에게만
보인다는 말이 있다. 나는 이 말을 참 좋아한다. 행복이라
는 감정을 설명하기에 그만큼이나 알맞은 말이 없다고 생
각하기 때문이다. 반짝이는 달빛처럼 행복 또한 우리 주
변에 항상 존재하지만, 그 가치를 알아보고 받아들이려는
마음이 있어야만 온전히 느낄 수 있는 것은 매한가지이므
로.

우리 삶에 때때로 어둠이 깔리고 외로움과 어려움이
겹쳐올 때가 있다. 그러나 그런 순간에도 하늘 한쪽에 떠
있는 달을 바라보면 그 달빛이 우리에게 보내는 은근한

위로와 희망을 발견할 수 있다. 달이 밝은 것만으로도 하루가 제법 괜찮아진다.

행복은 멀리 있지 않다. 그저 주변을 자세히 둘러보면 작고 소중한 기쁨들이 숨어 있다는 것을 깨닫게 된다. 행복을 찾으려는 사람은 늘 자신을 돌아보고 삶의 작은 순간들 속에서 의미를 발견한다. 바쁜 나날을 보내는 와중에도 잠시 멈추어 서서 달빛에 비친 그림자나 은은하게 퍼지는 계절의 냄새를 느끼려 한다면 마음에도 잔잔한 행복감이 피어오를 것이다.

행복은 강요가 아니다. 오히려 스스로 기꺼이 그 존재를 인식하고 받아들일 때 자연스레 다가오기 시작한다. 때때로 고개를 들어 달이 있는 방향을 바라보듯 주변을 둘러보며 주변에 늘 존재하는 행복의 조각들을 놓치지 않도록 해야 한다.

마치 달처럼, 어디에나 있지만 보려는 사람에게만 보이는 것이 바로 행복이니까.

각자의
사정

　　내 마음이 지옥에 있을 땐 뭐라도 트집 잡고 싶어지고 누구에게라도 시비를 걸고 싶어진다. 합리적으로 생각하고 행동하는 사람은 이 세상에서 내가 유일한 것만 같고 내가 아닌 주변의 거의 모든 사람들은 바보 같은 선택만 일삼는 것처럼 느껴진다. 우리는 종종 험한 말과 행동으로 남에게 상처를 주고는 시간이 더 흐르고 나서야 후회하고 미안해하기 시작한다.

　　당연한 이야기지만, 당장은 바보 같고 비합리적이라고만 여겨지는 사람들의 행동에도 나름의 이유와 속사정은 있기 마련이다. 세상에는 우리 생각보다 '그냥'이 많지 않다. 누구에게나 그래야만 했던 이유나 그런 선택을 할 수밖에 없는 이유가 있다. 하지만 그런 나름의 합리적인 결단과 행위를 우리는 너무나도 쉽게 지레짐작하고 판단하고 있지는 않은가.

마음이 지옥에 있는 날에는 다른 사람들의 지옥을 생각한다. '친절해라, 네가 만나는 사람 모두가 힘든 싸움을 하고 있다'라는 플라톤의 가르침을 떠올린다. 조금이라도 더 너그러운 내가 될 수 있도록. 내 마음과 상대방의 마음을 차분하게 식혀줄 수 있도록.

어디서든
　　호감 받는 사람이 되는 법

1. 깔끔한 외양

꼭 비싼 옷과 액세서리로 꾸며야만 하는 것은 아니다. 다만 비싸지 않고 평범한 디자인의 옷을 입더라도 더럽거나 구겨진 부분은 없는지를 신경 쓰고, 얼굴이나 머리에 묻은 것은 없는지, 혹시라도 몸에서 좋지 않은 냄새가 나지 않는지를 들여다봐 주기만 하면 된다. 그렇게 내가 나의 겉모습 곳곳을 온전히 제어할 수 있는 사람이라는 것을 보여주기 시작하면 사람들도 '저 사람은 자신을 넘어서 주변 사람들까지도 보살필 수 있는 사람이겠구나'라며 안심하고 내게 다가오기 시작할 것이다.

2. 웃는 얼굴

흔히들 얼굴은 감정의 거울이라고 말한다. 그 말이 정말이라면 얼굴에 좋지 않은 표정이 입혀져 있다는 것은 그의 감정 역시 좋지 않은 상태라는 뜻이다. 표정에서부터 벽이 쌓여 있는 사람에게 먼저 다가갈 사람은 좀처럼 없을 것이다. 얼굴에서 감정의 벽을 무너뜨리고 은은하게나마 웃는 표정을 짓는다면 적어도 당신에게 겁을 먹는 사람은 아무도 없을 것이다.

3. 균형 잡힌 말투

너무 무거운 말투는 상대방으로 하여금 부담을 느끼게 하고 그곳의 전체적인 분위기마저 싸늘하게 만들어버린다. 또 너무 가벼운 말투는 본의 아니게 몇몇 사람의 심기를 건드리기 쉽고 자신에게도 좋지 않은 이미지로 각인되기 마련이다. 아무렇지도 않게 욕설을 사용한다거나 유행어를

남발하는 일 없이 최소한의 유머 감각을 유지하며 말해보자. 어느 순간 사람들의 한가운데에 서 있는 당신을 발견하게 될지도 모른다.

4. 깎아내리지 않는다

사람들은 의외로 똑똑하다. 다 같이 있는 자리에서 당신이 누군가를 깎아내리며 농담을 뱉을 때 그들은 당신의 말에 웃으며 호응하는 것처럼 보이겠지만 당신이 없는 곳에서는 이내 당신에 관해 좋지 않은 평가만을 주고받을 것이다. 남을 깎아내리는 사람과 가깝게 지내다 보면 어느 순간 자신 역시 공격의 대상이 될 수도 있다는 것을 본능적으로 알고 있기 때문이다.

5. 나보단 타인 먼저

무작정 다 퍼주라는 말이 아니다. 물건이나 음식을 주고

받을 때도 내가 아닌 타인부터 생각하는 일은 중요하지만 꼭 그런 상황이 아니더라도 타인을 생각해야 한다. 말하거나 생각할 때도 '이렇게 하면 이 사람이 싫어할까?', '이런 칭찬이 과연 올바른 칭찬일까?'와 같이 내가 아닌 타인의 입장을 먼저 생각해 보는 것이다. 그와 같은 생각의 방식이 습관이 되면 누구라도 당신과 가깝게 지내고 싶어 할 것이다.

사람들은 타인에게 호감 받는 일을 너무 막연하고 어려운 일로 생각하는 경향이 있다. 사랑받을 수 없을지도 모른다는 생각에 지레 겁을 먹고 마음의 문을 걸어 잠그기도 한다. 하지만 하늘이 예쁘다는 이유로 그날을 행복하게 보내기도 하고 안경이 잘 어울린다는 이유로 누군가를 오래 좋아하게 되기도 하는 것처럼 다른 사람들 역시 당신과 나누는 가벼운 인사 한 번과 당신의 잘 다려진 옷 한 벌 때문에 당신을 좋게 볼지도 모를 일이다. 그러니 나의 안과 밖을 잘 정리정돈하며 오늘도 멋진 하루를 보내려 노력해 보기를.

사랑스러운 사람 주변으로

사랑스러운 사람들이 맴도는 법이니까.

고독의
방향

보통 기쁨, 설렘, 반가움과 같은 감정들은 좋은 감정이고 슬픔, 권태, 외로움과 같은 감정들은 나쁜 감정들이다. 감정에는 이렇듯 기본적인 이미지라는 것이 있다.

대부분의 사람들은 외로움이라는 감정을 무조건 나쁘게만 생각한다. 차갑고 서럽고 지긋지긋하기만 해서 제발 좀 내 세상에서 사라져 버렸으면 좋겠다고까지 생각한다.

하지만 그게 마음처럼 될까. 외로움이라는 감정이 보통은 나쁜 감정으로 취급받는 것은 맞지만 그렇다고 해서 평생을 외로움 없이 살아가는 건 불가능하다. 평생의 반려자를 만나 가족을 이룬다고 할지라도 어쩔 수 없는 존재의 외로움은 해소되지 못할 것이다. 또한 어느 정도는 외로운 감정을 이해하고 기억하고 있어야 반대로 누군가를 더 잘 사랑하게 될 수도 있으므로 우리는 아마 평생 외로움으로부터 자유로워질 수 없을 것이다.

어떤 사람들은 외로움을 좋지 않은 방향으로 발산한다. 본인의 안쪽으로 발산해서 외로운 감정이 스스로를 갉아먹게 그대로 둔다. 외로움에 사무쳐 술과 같은 해로운 것들에만 몸을 맡기고 가볍고 즉각적인 관계만을 찾게 해서 이후의 마음을 더 피폐하게 만들기만 하는 것이다.

하지만 지혜로운 사람들은 그 외로움의 방향을 바깥으로 발산하는 법도 알고 있다. 혼자만의 시간을 최대한 음미하려 해보기도 하고 본인의 외로운 마음이 가고 싶어 하는 쪽으로 산책을 떠나거나 여행을 떠나기도 한다. 이

발산되는 외로움을 어떻게 잘 가공하여 언젠가 함께할 누군가를 향한 애정으로 만들 수 있을지를 고민하며 혼자만의 시간을 낭비하지 않는다.

함께하는 시간을 위해 홀로 있는 시간을 잘 관리하는 사람. 그런 식으로 외로움을 건강하게 다룰 수 있게 된 사람을 우리는 어른이라고 부른다.

절대
라는 말

하루는 부모님과 집에 있는데 어머니께서 테
라스에 있는 나무 하나를 보여주셨다. 해피트리라는 이름
의 나무였다. 그 나무의 기둥 중간 부분에 작게 꽃이 피어
있었다. 어머니가 꽃을 보며 말씀하셨다.

"이 나무를 집에 사 온 게 벌써 십 년 전이야. 그리고
데리고 올 때도 이미 열 살짜리를 데리고 온 거였고. 그런
데 이렇게 꽃이 핀 거는 처음 본다니까. 20년 만에 처음으
로 꽃을 피운 거야."

어머니의 말을 듣자마자 맨 처음 든 생각은 '에이 설

마'였다. 태어난 지 20년이 지나서야 처음으로 꽃을 피워 내는 나무라니. 어머니는 꽃이 핀 게 너무도 신기해서 주변 사람들에게 물어도 보고 인터넷에도 검색을 해봤다고 한다. 이 나무가 원래 이런 꽃이 피는 나무가 맞느냐고. 주변에서 알려주기로는 그건 정말 귀한 꽃이라고 했단다. 그 나무가 꽃을 피우는 건 꽤 드문 일이라고 했다.

나는 대충 신기하다고만 대답해 드리고 말았지만 꽤 많이 감동하고 있었다. 사실 이 세상에 '절대'라는 말은 없는 게 아닐까 하는 생각이 들어서였다.

생각해 보면 '절대'라는 말을 붙여놨던 것들 중 꽤 많은 것들이 그 '절대'라는 틀을 보기 좋게 깨뜨려버리곤 했다. 꽃시장에서 데리고 올 때부터 절대로 얼마 안 가 죽게 만들 거라고 생각했던 화분들도 일 년 넘게 꽤 잘 보살펴 주고 있다. 오히려 몇몇 화분은 조금 더 커다래지고, 튼튼해진 기분이다. 가까운 사람들마저 절대 해내지 못할 거

라고 했던 목표들도 완벽하게는 아니지만 만족스러울 정
도로는 이루면서 지내오고 있다. 대단한 사건까진 아닐지
라도 그렇게 크고 작은 일들이 절대라는 껍데기를 깨고
꽃처럼 이루어진 것이다.

그만큼이나 기적은 많고도 흔하다.

어머니는 어쩌면 요 몇 달 동안 잘 웃지 않게 된 내게,
정말로 '절대'라는 건 없어, 그렇게 말해주기 위해 오늘
아침에 날 불러냈던 게 아닐까. 그래서 굳이 해피트리라
고, 나무의 이름까지 말해가며 그 작은 기적을 소개해 줬
던 거 아닐까.

이름만 들어도 알 수 있겠지만 해피트리의 꽃말은 행
복이라고 한다.

커다랗고 비싼 기적보다도 잔잔하고 흔한 기적들이

우리를 웃게 하고 버티게 할 거라고 믿는다. 그러니까 절대 행복해질 수 없을 것 같은 나날도 절대 안 될 것 같은 어떤 일들도 절대 다시 볼 수 없을 것 같은 사람도 사실은 언젠가 끝나거나 이뤄지거나 마주치게 될 것이다. 그리하여 우리도 결국에는 행복해질 거라고 믿는다.

동메달리스트의
마음으로

어떤 대회의 어떤 종목이 됐건 시상식의 주인공은 단연 금메달리스트이다. 금색으로 빛나는 메달을 목에 걸고 시상대의 가장 높은 곳으로 올라서서 사람들에게 손을 흔드는 모습은 누가 보아도 지금 이 순간 세상에서 가장 행복한 사람의 모습으로 보일 것이다.

금메달의 바로 다음 순위, 은메달을 딴 사람의 표정은 사뭇 다르다. 멋진 경쟁을 통해 최종 2위라는 성적을 거뒀고 그 역시 대단한 성과인 것은 분명하지만 표정에는 분명한 아쉬움이 서려 있다. 한 점만 더 냈다면, 한 번만 더 손을 뻗어서 버텼다면 1위의 자리에 올라 있는 사람은 자기가 되었을지도 모른다는 생각에 내심 씁쓸함을 느낄 수밖에는 없는 것이다. 그 아쉬움은 수상 소감에서도 여실히 드러난다.

"가장 먼저는 저를 응원해 줬던 분들에게 죄송하고..."

여러 생각이 스친다. 그래도 무려 2등인데 저렇게까지 아쉬워할 일인가 싶고. 또 저게 내 입장이었다면 충분히 아쉽기는 했겠다 싶기도 하고.

하지만 동메달리스트의 표정은 어떤가.

그렇게나 행복해 보일 수가 없다. 때로는 금메달리스트의 그것보다도 환한 미소를 짓고 있을 때도 있다. 아마도 거기에는 '어떤 메달도 없이 빈손으로 갈 뻔했는데, 동메달이라도 딴 게 어디야!'라는 안도감이 섞여 있는 것만 같다.

인식의 차이라는 게, 사람 기분이라는 게 이렇게나 천차만별이다. 크게 생각하고 넓게 생각하면 더없이 반갑고 좋은 일도 높은 곳만 보고 좁게 생각하면 땅을 치며 아쉬워할 일이 된다.

과연 우리는 어디를 보면서 살고 있는 걸까. 어느 정도의 너비를 행복의 반경으로 삼아 지내고 있을까. 생각해보게 된다.

1등을 할 수도 있었는데 겨우 2등밖에는 못했고 무난히 2등에는 올랐을 것을 고작 3등에 그쳤다고. 그렇게 부정적인 방향으로 생각하고 비교하면 마음은 끝도 없이 곤두박질치기만 한다. 누구에게도 좋지 않은 방향으로 삶이 흘러가기 마련이다.

하지만 반대로 3등에 그쳤을 것을 운이 좋게 2등이나 했고 메달 하나도 못 땄을 수도 있었지만 가까스로 3등을 했다고 생각한다면, 참가도 못할 뻔한 거 그래도 참가는 했다고 생각한다면 마음은 감사한 마음과 다행이라는 마음으로 가득해진다. 지금의 행복을 오래오래 기억하고 싶어지고 앞으로는 더 잘해보겠다고 생각하게 된다.

그러므로 언제나 동메달리스트의 마음으로 살아가 보려 한다. 인생이라는 레이스는 앞으로도 끝없이 이어질 테고 작은 결과들로 일희일비하기엔 내 앞에 펼쳐진 길이 너무나도 근사하고 예쁘니까.

삶의
　　인풋

　　　　어느 정도의 시간과 돈을 들여 스스로에게 선
물을 할 줄 알게 되는 시점부터 어른이 되는 거라고 하더
라. 안 그래도 각박한 세상이니 나라도 나를 기분 좋게 해
줄 줄 알아야 하는 거라고.

　　처음에는 그 말을 이해하지 못했으나 이제는 뼈저리
게 안다. 나이가 더해질수록 즐거운 일은 줄어들고 좋아
하는 사람들과 함께할 수 있는 시간은 짧아만 진다. 하지
만 그와 동시에 세상이 내게 요구하는 것은 하루만큼씩
많아져서 점점 마음은 야위어만 간다.

그럴 때일수록 틈이 날 때마다 내가 해야 하는 것 말고 하고 싶은 것을 해줘야 한다. 자기 계발이니 뭐니 하는 내게 좋다는 거 말고 내가 정말로 좋아하는 것을 찾아서 누리고 소비해야 한다. 그리고 그 일련의 행위들이 절대 낭비가 아니라 오히려 채움이라는 것을 알아야 한다.

꾸역꾸역 버티기만 하지 말 것. 인풋이 있어야 아웃풋도 있는 거라고 믿고 스스로를 챙겨주고 스스로에게 선물해 줄 것. 부지런히 일하는 만큼 부지런히 좋아하는 것을 좇고 마음껏 쉬어주기도 할 것. 어른이 지켜야 하는 덕목이다.

아끼지
말아야 하는 것

'밥은 먹었어? 요즘 고민되는 일은 없어? 혼자라는 생각이 들지는 않아? 혹시 지금 내가 하는 말이 어렵거나 차갑게 느껴지진 않아? 앞으로의 우리 관계는 어땠으면 좋겠어?'

정말로 모르는 것을 물어볼 때도 말끝마다 물음표를 붙이곤 하지만, 한편으로는 이렇게 상대방의 마음과 생각을 살펴보기 위하여 던져보기도 한다. 혹시라도 혼자라는 생각이 들거나 누구로부터도 챙김을 받지 못하고 있다는 생각이 든다면 내가 던진 물음표를 잡고 이쪽으로 넘어오라고 말하듯. 나는 단 한 순간도 너를 생각하지 않을 때가 없다는 것을 알려주듯이 말이다.

당신이 우리의 대화를 잘 따라오고 있는지 살펴보는 일. 당신이 대화 속에서 혼자 덩그러니 버려져 있지 않음을 알려주는 일. 나는 언제나 당신을 신경 쓰고 있음을 보여주는 일. 질문은 때때로 따뜻하다.

그 따뜻함은 단순한 말 이상이다. '괜찮아?'라는 짧은 한마디가 어떤 이에게는 깊은 위로가 되고 '오늘 어땠어?'라는 물음이 누군가에게는 하루를 살아낼 힘이 되어주기도 한다. 사람들은 가끔 거창한 위로만을 생각하지만 사실 가장 큰 위로는 작은 관심에서 시작된다.

부디 사랑하는 사람에게 따뜻한 질문을 아끼지 않았으면 좋겠다. 오늘 하루가 어땠는지. 무언가 힘든 일은 없었는지. 그런 사소한 물음들이 결국은 사랑이 되고 위로가 되어줄 것이다. 그리고 그렇게 나누어진 관심과 다정

함은 결국 스스로에게도 다시 따뜻한 마음으로 돌아올 것
이다.

나쁜
소문

가끔 형태가 없는 것들을 머릿속에서 시각화하곤 한다. 예를 들면 '불안이라는 감정이 형태를 지닌다면 어떤 형태일까?'를 생각하면서 가시가 사방에 돋친 공 모양을 그려본다거나 '부끄러움은 어떤 색깔을 지녔을까?' 하고 멋대로 색깔들을 조합해 보는 식이다.

소문이라는 것은 어떤 생김새를 지녔을까를 생각해 본 적도 있었다. 그리고 나는 얼마 지나지 않아 소문이라는 건 기름기가 있는 새빨간 액체의 모습을 하고 있을 것 같다고 생각했다. 소문이라는 건 말 그대로 액체 같아서, 너무나도 자유로운 형태를 지니고 있기에 뿌리면 뿌리는 대로 그곳에 날아가 젖어 든다. 또 동시에 지독한 기름기를 지녀서 좀처럼 지워지지 않기 때문에 그런 이미지를 떠올려낸 거였다.

어떤 사람들은 새빨간 기름 같은 소문을 습관처럼 사방에 흩뿌리고 다닌다. 그것으로부터 남이 고통받고 차림새가 더러워지는 것을 즐기기라도 하는 것처럼.

누군가에 관한 소문이 옮겨지는 현장 앞에서 우리는 어떻게 해야 할까? 나는 그것에 동조하지는 말아야 한다고 생각한다. 소문이라는 것 중 상당수는 사실과 다르다는 것을, 그리고 그것을 옮겨대봤자 당사자에게도 좋지 않고 나아가 나에게도 좋지 않을 수 있다는 것을 경험을 통해 잘 알고 있기 때문이다. 타인의 고통을 즐기거나 심심풀이로 삼는 것만큼 인간적이지 못한 행위는 없다. 그렇게 끝맛이 나쁜 행위도 없다는 것을 하루빨리 깨달아야 한다.

내가 소문의 당사자가 된다면 어떻게 해야 할까? 때때로 소문의 당사자가 되었을 때 잘못한 것도 없는데 먼저 주눅부터 드는 사람이 있다. 소문을 퍼 나르는 행위도 옳지 않다고 생각하지만, 당사자 역시 그래서는 안 된다고 생각한다. 어느 나쁜 사람들이 악의적으로 나에 관한 말들을 주변에 뿌리고 다니는데, 그리고 나 역시 그 새빨간 것을 뒤집어썼는데, 내가 잘못한 일이 무엇이 있기에 죄지은 사람처럼 그래야 하는가. 오히려 벌을 받아야 하는 사람은 상대방인데 말이다. 그럴수록 두 발을 땅에 딛고 서서 당당하게 흔들리지 않고 그들을 주시할 필요가 있다. 소문은 이미 퍼 날라졌다. 말끔하게 해명하기엔 어마어마한 노력과 시간이 필요하게 됐지만 그래야만 그 이후에 같은 일을 다시 겪지 않을 수 있기 때문이다.

타인에 관한 소문들 앞에서 휘둘리지 않을 것.
그리고 나에 관한 소문 앞에서 흔들리지도 말 것.
마음에 단단한 중심을 잡고 내가 나를 지킬 것.

성숙한 관계

모두가 어른스러운 사람이 되길 원한다. 겉모습과 내면이 어른스러운 사람이 곧 멋진 사람이며 그런 사람이 되어야만 어른스럽고 멋진 사람을 만나 근사한 인생을 보낼 수 있다고 믿는다.

그렇다면 성숙한 관계란 과연 어떤 관계일까? 둘 사이에 전혀 마찰이 생기지 않는 관계? 물론 그런 관계가 있다면야 그야말로 더없이 이상적이지만 현실적으로 그런 관계란 있을 수가 없다. 우리 모두는 각자 다른 과거들이 쌓여 다르게 만들어진 개개인이므로 꽤 닮은 것처럼 보이는 두 사람도 자세히 들여다보면 어쩔 수 없이 미세하게 다를 수밖에 없다. 처음에는 매끄럽게 관계가 흘러갈지는 몰라도 언젠가 반드시 한 번쯤은 두 사람 사이에서 충돌이 일어나기 마련이다.

서로의 다름을 목격했을 때 사람들은 뜨거워지는 쪽과 차가워지는 쪽으로 나뉜다. 뜨거워지는 쪽은 나와 당신이 다르니 일단은 싸울 준비를 하는 사람들이고 차가워지는 쪽은 나와 당신의 차이를 어떻게 하면 조금이라도 좁히거나 정리할 수 있을지를 생각해 보려 차분해지기 시작하는 사람들이다. 관계의 마찰 앞에서 차가워지는 이들이야말로 진정으로 성숙한 관계를 맺을 줄 아는 사람들이라고 생각한다. 흥분이 기본값인 사람은 결국 상대방마저도 흥분시키고 반대로 차분함이 기본값인 사람은 상대방에게도 차분함을 선사하기에 어떻게든 관계를 더 길게 이어가고 개선해 나가는 쪽은 후자일 수밖에는 없기 때문이다.

마찰을 곧바로 다툼이라고만 생각하지 않고 그저 의견을 교환하는 것이라고 생각할 줄 알아야 한다. 그런 사람과의 관계, 그런 차분한 관계가 바로 성숙하고 이상적인 관계다.

섬세함
취급법

당연한 얘기지만, 섬세한 사람일수록 더 자주 슬픔을 느낀다.

슬픔을 느낄 수 있는 역치도 낮고 더 넓은 곳으로부터 더 많은 사람들에게 감정을 이입하다 보니 시도 때도 없이 눈물을 흘리는 거다. 그들은 그렇게 온갖 것들에 다 마음을 써서 때로는 '사서 슬퍼한다'는 말을 듣기까지 하는데, 이러한 기질을 잘만 활용하면 누구보다도 주변 사람들에게 다정한 사람이 되어줄 수 있다. 그 누구도 알아채지 못하는 것들을 빠르게 알아보고 조금이라도 더 챙겨주고 그와 함께해줄 수 있게 되는 것이다.

하지만 그런 사람이라고 해서 무조건 남들보다 넓고 강한 마음을 타고난 것은 아닐 것이다. 오히려 섬세한 만큼이나 물러터진 마음을 지니고 있기에 더 많이 상처받고 더 쉽게 우울해질 수도 있는 것이다.

그러므로 섬세한 마음을 지닌 사람일수록 주변의 모든 슬픔을 다 떠안으려 하기보단, 그만큼이나 가까운 사람들과 적극적으로 때로는 의식적으로 상호작용하며 위로를 주는 만큼 위로를 받는 사람으로 지내야 한다.

작은
것의 힘

세상이 아무리 힘들게 느껴져도 살아갈 만한 이유는 언제나 있다. 비록 그것이 대단한 것이 아닐지라도 말이다. 때로는 작고 사소하게 느껴지는 것들이 모여 삶을 지탱하는 중요한 힘이 된다.

이를테면 노을 진 하늘을 보거나 부드러운 바람결을 느끼는 일, 나무의 향기를 맡고 별을 보는 일 같은 것들은 심지어 무료로 내 기분을 환기해 주는 것들이다. 또 따뜻한 커피 한 잔, 좋아하는 음악 한 곡, 주말에 새로 산 책 한 권, 맛있는 음식 한 접시는 삶에서는 그리 큰 부분을 차지하지는 못할지 몰라도 내 오늘 하루만큼은 충분히 풍족하게 만들어줄 수 있는 것들이다.

사람들과 함께하는 순간들은 또 어떤가. 친절한 이웃과 주고받는 정, 길에서 우연히 마주친 낯선 사람과의 눈인사처럼 사람들과 함께 만드는 작은 순간들도 얼마든지 위로가 될 수 있다. 그리고 그들보다 가까운 사람들인 가족, 친구, 연인, 또는 당신을 믿고 응원하는 사람들과 함께하는 일상적인 시간들은 되돌아볼 때마다 큰 힘이 되어준다.

물론 우리 외부에 있는 작은 것들이 아니라 우리의 내면에서 바깥으로 발산되는 작은 것들도 있다. 당신이 지나가면서 건넨 말 한마디 또는 큰 수고를 들이지 않고 했던 행동 하나가 누군가에게는 적지 않은 영향을 미칠 수도 있다. 그리고 그 순간부터 당신도 그에게만큼은 특별한 사람이 된다. 당신이 누군가를 돕고 그들에게 긍정적인 영향을 주는 존재라는 사실만으로도 큰 의미가 되는 것이다.

세상살이가 버겁게 느껴질 때는 이처럼 당신이 좋아했고 당신을 웃게 했던 작은 것들을 하나씩 떠올려 보면 좋다. 그 작은 이유들이 몇 번이고 당신을 다시 일으켜 세워줄 테니까.

작은 것들이 모여 내 세상을 이루고 곧 내가 된다. 나는 내가 나를 사랑하는 이유를 내 안에서 언제든지 또 얼마든지 찾을 수 있다. 아무리 지치고 실패했어도 나는 살아갈 가치가 있는 존재다.

가장
큰 팬

입스(yips)라는 의학 용어가 있다. 스포츠 선수나 음악가 등이 어떤 이유에 의해 특정 동작을 수행하는 능력을 갑자기 잃어버리는 상황을 말한다. 압박감과 불안감이 느껴지는 시합 등의 상황에서 근육이 경직되면서 평소에는 잘하던 동작을 제대로 못 하게 되는 것이다.

오토바이 레이서가 코너링 중 전복 사고를 일으키면 이후 한동안 코너링을 이전만큼 공격적으로 하지 못하게 된다거나 피아니스트나 기타리스트 등의 음악가들이 연주 중에 순간적으로 손가락을 움직이지 못하게 되는 것이 대표적인 예시다.

한 유명한 야구선수도 같은 상황을 겪은 적이 있었다. 원인은 바로 끔찍한 실투였다. 한 경기에서 그가 던진 공이 타자에게 직격했고 그날 이후로 그 실투는 끈질길 정도로 그의 머릿속을 떠나지 않았다.

"내가 왜 그렇게 던졌지?"

그는 훈련할 때도 경기할 때도 계속해서 자신의 실수를 생각했다. 당연히 성적은 바닥이었다. 몸이 굳어서 잘만 던지던 공을 마치 야구를 처음 시작한 어린아이처럼 던지게 된 것이다. 그러다 보니 그의 자존감은 더욱 곤두박질 쳤고 참다못한 그는 정신과를 찾아가기에 이르렀다.

그의 이야기를 들은 의사가 내놓은 처방은 간단했다. 그에게 재생 시간 2분 정도의 동영상을 계속 보게 한 것이다. 그 영상은 자신의 완벽한 피칭을 보여주는 장면들만

모아서 편집해 둔 영상이었다.

그것을 보고 또 봤다. 그리고 실제 경기 중에도 다시금 실투를 저질렀을 때도 영상 속의 자신의 모습을 상기했다. 결국 그런 각고의 노력 끝에 그의 기량은 정상적으로 돌아왔다. 이후의 그는 '강철 심장'이라는 별명을 얻을 정도로 강한 평정심을 지닌 선수가 되었고 결국 명예의 전당에 오르며 전설로 남게 되었다.

사람은 실수하는 동물이다. 아무리 능력이 좋은 사람이라고 해도 살다 보면 어쩔 수 없이 크고 작은 일로 넘어지기 마련이다. '나도 완벽한 존재는 아니니 그럴 수 있는 일이지.'라고 생각하고 얼른 떨쳐버린다면야 문제가 되지 않지만, 그중 어쩌다 한 번씩은 끔찍한 자책의 늪에 빠지기도 한다. 스스로를 향한 기대가 너무도 컸기에 또 나 혼자가 아닌 내 주변의 기대 역시 내 손으로 망쳐버렸기에 어마어마한 죄책감을 한 몸에 떠안고 마는 것이다.

그렇게 짊어진 막심한 자책감은 잘할 수 있는 일도 못하게 만든다. 또 그렇게 저지른 새로운 실패들을 통해 점점 더 우리의 자존감을 바닥까지 끌어내린다.

그때 당신이 해야 할 일이 바로 당신이 얼마나 괜찮고 자랑스러운 사람이었는지를 의식적으로 되돌아보는 일이다. 지금 당장은 상황이 여의치 않지만, 한때는 아무렇지도 않게 멋진 일들을 뚝딱뚝딱 해내던 나였다는 것을 기억해 주고 일할 때나 새로운 실패를 겪을 때나 그때의 내 모습을 상기하는 것이다. 그러다 보면 따뜻한 햇살에 꽁꽁 얼어 있던 땅이 녹는 것처럼 굳어 있던 몸과 마음도 결국 전과 같은 말끔한 상태로 돌아와 있을 것이다.

누구보다 나의 빛났던 시절을 잘 아는 사람도 또 누구보다 나를 잘 응원할 수 있는 사람도 결국은 나 자신이다. 내 가장 큰 팬은 언제나 나여야 한다.

좋아질
준비

한때는 복권이 당첨되는 것처럼 행복이라는 것, 좋은 일이라는 것이 무작위로 아무에게나 찾아오곤 하는 것이라고 생각했다. 그래서 내가 주눅이 들어 있든 아무렇게나 길거리에 널브러져 있든 언젠가는 결국 좋은 일이 나를 찾아와 줘서 내 구질구질한 인생을 뒤바꿔주기도 할 것이라고 기대 아닌 기대를 품은 적도 있었다.

하지만 이제는 전혀 그렇게 생각하지 않는다. 어떻게든 내가 좋은 일을 맞을 준비가 되어 있어야 좋은 일들은 겨우겨우 내게 찾아와 줄까 말까 한 것이라는 것을 알게 된 것이다.

시험을 예로 들어볼까. 우리는 학교를 졸업하고 나서도 크고 작은 시험을 마주한다. 꼭 시험이 아니더라도 그에 준하는 시련과 과제를 떠안게 되어 몇 날 며칠을 머리를 잡아 뜯곤 한다. 하지만 내 노력 여하와는 관계없이 모든 시험에서 성공적인 결과만을 거둘 수는 없다. 당연하지만 성공만큼이나, 어쩌면 성공보다도 더 자주 실패의 쓴맛을 맛보게 된다.

이때 중요한 것이 실패를 대하는 자세이다. 실패를 자주 한다고 하여 나에게 나쁜 일들이 생기는 것은 아니다. 학부모 중에는 시험을 잘 보지 못하면 정말로 큰일이라도 날 것처럼 과장해서 겁을 주는 이들이 있다. 하지만 사실 시험이라는 건 잘 보면 좋은 것이지 잘 보지 못한다고 인생이 망하는 것은 아니다. 시험을 잘 보지 못했을 때는 다음 시험을 어떻게 이겨내고 더 잘할지 고민하면 된다. 부모로서 자녀에게 심어주어야 하는 건강한 마음가짐은 '실패를 경험하게 되면 망한다'가 아니라는 것이다.

나에게 안 좋은 일이 생기는 것은 문제가 아니다. 그것을 어떻게 극복하느냐가 중요하다. 그러한 태도가 일련의 좋은 일들을 맞이할 수 있는 준비가 되어준다.

내가 지금 해야 할 것을 명확히 인지하고 있는 상태로 매일을 열심히 살고 있고 주변에 나를 진심으로 응원해주는 사람이 있으며 한두 번의 실패로는 무너지지 않을 정도로 마음이 튼튼한 상태일 때 비로소 좋은 일들은 나를 찾아온다. 남들은 좋은 일로 받아들이지 못하는 것들도 나만큼은 부지런히 낚아채서 좋은 일들로 만들어낼 수 있게 된다. 좋은 일도 맞이할 준비가 필요하다.

새벽
하늘

바쁜 것이 안 바쁜 것보다는 좋고 누군가가 내 능력을 원한다는 것, 내가 필요한 곳이 있다는 것이 너무도 감사한 일이라는 것을 안다. 그래도 가끔은 좀 무력감을 느끼거나 막막해질 때가 있다.

하루는 도저히 하는 일에 집중도 안 되고 잠도 안 와서 그대로 새벽에 짐을 싸서 나와버린 적이 있다. 이럴 바엔 그냥 새벽부터 일하러 가버리자 하는 마음이었다. 아마 여섯 시가 되어 갈 때쯤이었나. 꽤 낯선 시각이었다. 눈을 감고도 나갈 수 있는 아파트 단지도 왠지 모르게 좀 낯설었다. 그렇게 단지를 나서서 사거리에 멈춰서 신호를 기다리는데 내 머리 위로 펼쳐진 하늘이 너무나도 예쁜 거였다.

아마 그건 올해에 들어 본 하늘 중 가장 예쁜 하늘이 아니었을까. 파란색과 주황색이 뒤섞인 새벽하늘 특유의 색깔은 그 언제 본 노을보다도 예뻤다. 그저 와 소리를 내면서 쳐다보기만 하느라 사진을 찍는 것도 까먹어버렸다. 평소엔 지긋지긋하기만 했던 신호대기도 '조금 더 길어도 괜찮겠다'라고 생각될 정도였다.

그날은 평소와 다를 바 없는 날이었다. 책상에 앉아 시간을 보내다가 열두 시쯤엔 점심은 무엇을 먹을지를 고민했다. 그리고 다시 저녁까지 일만 했다. 개인적인 일들까지 다 보고 집에 돌아오니 다시 한밤중이었다.

평소였으면 녹초가 돼서 바로 침대에 쓰러졌을 텐데. 그런데 그날은 왜 그렇게도 멀쩡했던 건지. 잠들 때까지도 이유를 알아내지 못했으나 지금에 와서야 비로소 알 것 같기도 하다. 하루가 시작될 때부터 무언가에 크게 감동하고 평소와는 다르게 조금 웃기도 해서였던 것 같다. 시작이 산뜻했으니 마무리 역시 다른 날들과는 조금 다를 수밖에 없었던 거다.

의도한 건 아니었지만 그날 새벽엔 어느 때보다도 예쁜 하늘을 구경할 수 있었다. 그때 알았다. 나는 원래 예쁜 하늘을 좋아했다는 것을. 바쁘고 피곤하다는 이유로 언제 마지막으로 하늘을 올려다봤는지도 기억이 나지 않았다. 하지만 그날 아침에 잠깐 본 하늘 덕분에 하루를 버틸 수 있었다. 이렇게 예기치 못한 순간에 의해 하루가 행복해질 때가 있다. 감동하게 되고 힘을 얻게 되는 귀한 순간들이다.

지금 당신이 있는 곳이 아무리 어둡고 춥다 해도 무너지지 않기를 바란다. 포기하지 않기를 바란다. 조금만 고

개를 돌려보면, 조금만 더 일찍 일어나거나 조금만 다른 방향으로 걷다 보면 당신에게 하루를 거뜬히 버텨낼 힘을 주는 작지만 빛나는 순간이 있을지도 모르니까.

감정 취급법

계속
물어봐 주기

"음식은 맛있게 드셨어요?"

밖에서 밥을 먹고 음식값을 치르거나 그 식당을 나설 때 일하시는 분들이 그렇게 물어보는 경우가 있다. 그 말을 들으면 매번 기분이 좋다. 그때마다 기분이 좋아져서 '너무 맛있었어요'라고 대답하곤 한다.

여행지의 숙소에서도 가끔 비슷한 느낌을 받는다. '수건이 더 필요하시다고요? 지금 가져다드릴까요 아니면 조금 이따가 올려드릴까요?' 또는, '어젯밤에는 편안히 쉬셨나요?'와 같은 질문이 주는 온기들은 기분 좋다.

왜 누가 나한테 뭐를 물어보면 기분이 좋아질까. 오랫동안 이유를 생각해 봤다. 그리고 나름대로 찾아낸 이유는 하나였다.

뭐를 자꾸 물어본다는 건 나를 궁금해하고 생각해 주고 있다는 뜻이니까.

물론 매뉴얼에 따라 어쩔 수 없이 건네오는 질문이더라도 그리고 나 역시 그 사실을 알고 있다고 해도 기분이 좋아지는 건 어쩔 수 없다. 누군가가 나에게 집중하고 신경을 쓰고 있다는 사실만은 변하지 않기 때문이다. 되돌아보면 나도 항상 내가 좋아하는 사람들에게 질문을 던지는 사람이었다. 어떤 것을 좋아하는지. 먹고 싶은 건 없는지. 맛은 어떤지. 불편하진 않은지. 조금 전에 본 영화는 어땠는지. 오늘 하루는 어땠는지. 컨디션은 어떤지.

당연히 일부러 그러는 건 아니었다. 나는 남들만큼 눈

치가 빠르지 않았기 때문에 알아서 이것저것 챙겨줄 줄을 몰랐다. 그저 하나씩 물어보면서, 이걸 원한다면 이걸 주고 저걸 없애 달라면 그걸 안 보이는 곳으로 치워둘 뿐이었다.

한때는 나의 그런 멋없는 친절을 콤플렉스로 여기기도 했지만 요즘은 마냥 나쁘지만은 않다고 생각하게 됐다. 누군가는 나의 그런 질문들에 기분이 좋아질 수도 있으니까.

여전히 내게만큼은 그게 나름의 친절이다.
계속 물어봐 주는 일.
그건 당신을 생각하고 궁금해하고 있다고 말하는 일.

가까울수록
지켜야 할 것들

1. 선을 넘지 않는다

농담이라는 이름으로 상대방의 약점 또는 아픈 부분을 들춰내거나 사람들 앞에서 그를 우습기만 한 대상으로 만들지 말아야 한다. 마음에도 날씨라는 것이 있기에 어제는 괜찮았던 말과 행동들이 오늘은 얼마든지 아프게 다가올 수도 있으며 당신에게는 가깝다는 이유로 얼마든지 망가져 줄 수 있는 사람이라고 할지라도 남들 앞에서는 최소한의 체면은 지키길 원할 수도 있기 때문이다.

2. 당연시하지 않는다

당신이 그 사람을 특별하게 여기는 것처럼 그 사람에게 당신은 특별한 사람이다. 특별한 사람이기에 쉽게 구할 수 없는 것을 거리낌 없이 나눠줄 수 있고 특별한 사람이기에 서운한 상황 앞에서도 한두 번쯤은 넘어가 줄 수 있는 것이다. 그러므로 가깝다는 이유로 그 사람의 호의와 용서를 당연하게 받아들여서는 절대 안 된다. 익숙해지는 것과 당연해지는 것은 다르다. 썩어가는 것과 숙성되는 것이 다른 것처럼.

3. 미루지 않는다

상대방을 향한 고마움과 미안함은 마땅히 품고 있지만 우리 사이니까 괜찮을 거라는 이유로 그 마음을 표현하지 않으면 안 된다. 이해해 줄 거라는 이유로 자꾸만 대화와 만남을 미루기만 하다 보면 어느 순간 사이가 까마

득히 멀어져 있음을 깨닫게 될 것이다.

　　그 사람과 함께하고 있는 이 시절은 다시 돌아오지 않는다. 또한 그 사람과 함께할 수 있는 계절도 그리 많이 남아 있지 않을지도 모른다. 그러니 힘껏 표현하고 함께하고 서로를 위해주기를 바란다. 후회 없는 삶을 위해서.

사랑스러운
기억

가고 싶었던 곳을 여행했던 기억이나 좋아했던 사람과 함께했던 기억, 무언가를 내 손으로 해냈던 기억처럼 누구에게나 마음 한편에 항상 간직하고 싶은 장면 또는 모두에게 자랑하고 싶은 순간이 있을 것이다.

어떤 사람들은 지나간 일들에는 힘이 없다고 말하지만 가끔은 그 한순간의 아름다움이 평생을 지탱하는 위로와 힘이 되어주기도 한다. 그때를 생각하는 그리움 속에서 우리는 잊고 있던 따스한 감각들을 다시금 일깨울 수있고 힘들고 지친 날에도 미소를 지을 용기를 얻곤 한다.

사랑스러운 기억 하나가 때로는 세상의 무게를 견디게 해주고 삶을 조금 더 아름답게 살아갈 수 있도록 이끌어 준다. 그렇게 한때의 순간들이 오늘의 나를 따뜻하게 감싸 안아주고 잊었던 희망과 기쁨을 보여준다면 그것은 결코 단순한 과거의 한 조각이 아니다. 그 자체로 언제나 내 곁에 머물며 필요할 때마다 조용히 속삭이는 위로가 되어 주는 친구나 가족 같은 존재인 것이다.

오늘의 내가 좀 지쳤다면 지나간 아름다운 순간들을 마음껏 꺼내어 바라보며 그 소중한 감정을 다시 느껴보는 것도 좋겠다. 그래서 마음속에 자리한 그 한 장면이 당신의 피곤함을 씻어내고 내일의 작은 기적을 기대하게 하는 힘이 되기를 바란다.

믿음을
보여주는 일

두 명의 상사와 두 명의 유능한 부하직원이 있다. 첫 번째 상사는 그의 부하직원이 충분히 능력이 있다는 것을 알고 있으며 언제나 그를 믿고 일을 맡긴다. 다만 굳이 티 낼 필요는 없다고 생각하여 별다른 말을 더 건네지는 않는다. 두 번째 상사 역시 부하직원이 유능하다는 것을 잘 알고 있다. 그러므로 시시때때로 그의 유능함과 성실함을 치켜세워주곤 한다.

다만 업무 수행 방식의 차이, 사람을 대하는 차이가 있을 뿐이라고 생각할 수도 있겠지만, 그것은 때때로 엄청난 차이를 불러오곤 한다. 겉으로는 드러내지 않더라도 개중에는 다른 무엇도 아닌 '잘하고 있다'는 칭찬 하나만을 절박하게 기다리고 있는 사람도 있기 때문이다.

　두 번째 직원은 자신의 재능과 능력을 알아주는 상사와 함께하고 있다는 생각에 언제까지고 나아갈 수 있는 자신감을 품겠지만, 아마 첫 번째 부하직원은 과연 자신이 정말 잘하고 있는 것인지를 서서히 의심하기 시작하고 스스로를 믿지 못해 실수하거나 소극적인 태도가 되어갈 것이다. 어쩌면 오래 가지 못해 그 일을 그만두게 될 수도 있다.

　이 사람은 원래 잘하는 사람이라는 생각과 믿음만으로 일을 주면서 다그치기만 하면 아무리 유능하고 마음이 강한 사람이라고 해도 언젠가는 나가떨어질 수밖에는 없다. 그러므로 잘하고 있다는 말, 나는 그런 당신이 필요하다는 말을 '굳이' 해줘야 한다.

나는 당신을 믿고 있으며 그 기반에는 당신이 최고라는 생각이 깔려 있다고 굳이 알려주는 것, 우리는 그것을 칭찬이라고 부른다.

모기
같은 관계

짜증을 내며 불을 켠다. 절대 가만두지 않겠다고 씩씩대며 주변을 살핀다. 그리고 이내 그 짜증의 원인이 눈에 들어오면, 당신은 주저하지 않고 손을 휘두른다.

모기는 매년 여름마다 어김없이 우리를 찾아온다. 그들은 질리지도 않나 보다. 세상에 존재의 이유가 없는 생명은 없다지만 아무리 생각해도 모기라는 존재가 세상에 있는 이유만큼은 이해할 수가 없다. 나에게는 조금의 도움도 되지 않으면서 매번 여름만 되면 괴롭히다니.

놀랍게도 그런 모기를 닮은 사람들이 있다. 필요할 때

내 곁에 있었던 적은 한 번도 없이 자신들이 필요할 때마다 찾아와 나를 이용해먹기만 하고 다시금 떠나가는 사람들 말이다. 그들은 평소엔 안부 인사 한번을 안 건네다가, 잊을 만하면 나타나서 내가 지닌 것을 자신의 것인 양 뻔뻔하게 사용하곤 한다. 그때마다 잠깐 고맙다고 말하거나 최고라고 말하거나 다음에 은혜를 꼭 갚겠다는 말만을 지나가듯이 건넨다. 나는 또 그 말에 마음이 약해져서 그 사람에 관해 '그래도 나쁜 사람은 아니야'라고 생각하게 되지만, 그걸로 끝이다. 다시금 홀연히 모습을 감추며 자신이 뿌려뒀던 달콤한 감사와 약속의 말들을 아무것도 아닌 것으로 만들어버리는 것이다.

그런 사람들과 관계를 이어가는 사람의 입장에서는 점점 마음이 시들어가기만 한다. 나는 진심이었기에 내 소중한 것을 흔쾌히 건넨 건데 그 사람은 내게 진심을 준 적이 없다는 것을 알고는 관계에 대한 환멸을 느끼기도 한다. 그리고 그 공허하고 서운한 감정이 흐릿해져 갈 때

쯤 그들은 다시 나타나 늘 그랬듯 우리를 괴롭히기 시작
한다.

내 일상이 아무 문제도 없이 순탄하게 흘러가길 원하
고 내 마음이 건강하게 잘 지내기를 원한다면 이제는 그
모기 같은 사람을 몰아내야 한다. 해치우지는 못하더라도
다시 가까이 다가오게 하지는 말아야 한다. 갑자기 왜 그
러냐는 말이나 우리 사이에 왜 그러냐는 말에 마음이 약
해져선 안 된다. 당신이야말로 늘 왜 그러냐고, 우리 사이
가 도대체 무슨 사이냐는 말로 단호해질 필요가 있다.

모기가 팔에 달라붙어 피를 빨고 있고 그 사실을 두 눈
으로 뻔히 보고 있는데 바보처럼 바라보기만 하는 사람은
없지 않은가. 이제는 나를 위해 끊어내야 할 사람은 과감
하게 끊어내야 한다.

바깥이
아닌 안쪽에서부터

사람들이 필요 이상으로 사치스러운 물건을 사서 몸에 두르거나 자기 사정을 고려하지 않고 무리해서 비싼 차나 집을 구입하는 이유는 그들의 마음속에 '누군가로부터 중요한 사람으로 보이고 싶다'는 욕망이 있기 때문이다.

중요하고 대단한 사람으로 보이고 싶은 욕망은 식욕이나 성욕과 더불어 가장 강렬하고 원초적인 욕망이다. 내가 당신보다 우월하다는 것을 보여주고 많은 사람에게 영향을 끼칠 수 있다는 것을 알려줌으로써 일종의 권력을 획득할 수 있기 때문이다.

하지만 그건 한편으로는 얼마나 덧없는 욕망인가. 사람들은 사실 타인에게는 그다지 오래 그리고 많이 관심을 두지 않는다. 또 당장 남들에게 중요한 사람으로 비친다고 하더라도 실제로 내가 느끼기에 스스로가 중요한 사람이 아니라면 그것은 허탈감만을 불러올 뿐이다. 실제로 그런 것이 아니라 그래 보이려고 애쓴 것이다 보니 언젠가는 나의 별 볼 일 없음이 세상에 드러날지도 모른다는 두려움마저 불러올 수 있다.

나는 인생을 잘 살고 있는 걸까. 그게 궁금하다면 내가 무게 중심을 어디에 두고 살고 있는지를 확인해 보면 좋다. 남에게 중요한 사람이 되려 애쓰고 있는지 내가 중요하게 생각하는 것을 지키며 살고 있는지를 들여다보는 것이다. 그렇게 바깥이 아닌 안쪽에서부터, 나의 안에 중심을 두고 살다 보면 행복 역시 불안하게 흔들리는 일이 없이 오래오래 내 곁에 머무른다. 타인의 진심에서 우러난 존경이 따라오는 것은 덤이다.

감정
취급법

스트레스를 받거나 슬픔을 느끼는 이유와 경로는 제각각이다. 그리고 그런 감정들을 취급하는 방법 역시 사람에 따라 다르다. 어떤 사람들은 부정적인 감정이 엄습해 올 때 운동을 하거나 여행을 떠나는 식으로 부지런히 몸을 움직이기도 하고 다른 어떤 사람은 술과 음식 등에 의존하기도 한다. 안에 맺혀 있는 감정들을 후련하게 비워내기 위해서 일부러 슬픈 음악이나 영화를 찾는 사람도 있다.

각각의 방식에는 나름의 효과가 있겠지만, 그중에서도 분명하게 옳지 못한 방식은 있다. 바로 자신의 부정적인 감정이 무엇 때문에 얼마만큼이나 있는지를 잘 알면서도 애써 못 본 척하거나 모르는 척하면서 외면하는 것이다. 그런 사람들은 자신의 마음을 외면하다 보면 시간의 흐름과 함께 결국에는 괜찮아질 거라고 기대한다. 보이지도 않고 만질 수도 없는 시간에게 어쩌면 자신의 가장 중요한 것일지 모를 마음의 일을 전적으로 위임하고 만다.

다행히 어떤 부정적 감정들은 정말로 시간과 함께 사라지기도 하지만, 대부분의 감정은 시간이 지난다고 해서 사라지지 않는다. 비슷한 감정이더라도 농도와 밀도에 따라 취급 방법이 달라져야 한다. 마치 종합감기약만으로는 독감을 잡기에 역부족이고 양동이 하나로는 집 전체를 집어삼키고 있는 불을 끌 수 없는 것처럼 말이다.

시간이 약이라는 말을 무조건 믿어서는 안 된다. 약만으로는 해결되지 않는 마음도 있다는 것을 잊지 말아야 한다. 아무리 소극적인 체질을 타고났다고 하더라도, 나를 힘들게 하는 감정 앞에서는 어쩔 수 없이 적극적인 사람이 되어야 할 때가 있다.

아픈 일이 있다면 아프다고 울부짖을 줄도 알아야 하고 화가 나는 일이 있다면 참지 말고 싸울 줄도 알아야 한다. 당신이 아무리 억울하고 서러운 일을 겪었다고 할지라도 결국 그 마음을 알아주고 보듬어줄 수 있는 사람은 오직 당신뿐이다.

바쁘게
산다는 것

인류가 일이라는 걸 해온 지도 못해도 수천 년은 더 지났다. 그만큼이나 일은 우리 삶에서 떼어놓을 수 없는 주요 요소인데 최근 들어 유난히 '일하고 싶지 않다'고 말하는 사람들이 많이 보이고 있다. 당장 핸드폰만 열어봐도 '퇴사'라는 단어를 어디서든 읽을 수 있고 적게 일하고 많이 벌고 싶고 아무것도 안 하고 월급만 받고 싶다는 말들도 쉽게 볼 수 있다. 가끔은 퇴사를 그저 농담의 재료로만 사용하고 있다는 느낌까지 받는다.

이런 흐름과 농담에 공감하기가 솔직히 조금 어렵다. 아무리 생각해 봐도 현실적으로 아예 일을 안 하면서 살

수는 없다. 그뿐만 아니라 일을 한다는 것은 단순히 돈을 버는 것을 넘어 삶에 많은 이점을 안겨준다. 때로는 여유 없는 일상이 힘들게 다가오기도 하지만 동시에 바쁘게 사는 것에도 분명한 장점은 있다.

바쁘게 사는 것은 삶을 건강하게 만들어주는 기능을 한다. 목적 없이 무작정 분주한 것이 아니라 의미 있는 활동과 목표를 향해 노력하기 시작하면 마음에 권태로움이나 우울감과 같은 감정이 자리 잡을 틈이 생기지 않는다. 하는 일도 취미도 없이 집에서만 지내는 사람 중 상당수가 우울증을 앓는 반면 자신이 정해놓은 규칙과 속도에 맞춰 분주하게 매일을 살아가는 사람들은 오히려 높은 행복도를 유지하는 것도 그 때문이다.

또한 그런 삶의 태도는 그 자체로 삶의 연료가 되기도 한다. 분주하게 움직이다 보면 자연스레 여러 곳에서 작은 목표들이 이뤄지고 그때마다 성취감을 느낀다. 그 성취감들은 곧 우리가 더 큰 일을 할 수 있게 하는 에너지와 자존감이 되어준다.

바쁘게 사는 사람을 보면서 누군가는 피곤하게 산다고 할지도 모른다. 하지만 어차피 시간이라는 건 누구에게나 공평하게 주어지고 공평하게 흐르는 거라면 최대한 의미 있게 쓰는 것이 좋지 않을까. 여기서 말하는 의미 있게 쓴다는 것은 불평불만을 늘어놓으며 아무것도 안 하는 게 아니다. 뭐가 됐든 이뤄보려고 바쁘게 살면서 최선을 다하는 것을 뜻한다. 바쁘게 산다는 것은 피곤하게 사는 것이 아니다. 그 누구보다 멋있게 살고 있는 것이다.

취향의
타이밍

누구에게나 취향은 있다. 그리고 그 취향이라는 건 정말이지 개인적인 영역이라서, 어떤 부분에서는 대다수의 타인과 완벽하게 다를 수도 있다. 차도에 빽빽하게 들어찬 무채색의 자동차들 사이에서도 가끔은 쨍쨍하고 화려한 색의 자동차를 찾아볼 수 있는 것처럼 말이다.

하지만 그와 같은 자신의 취향을 드러내는 데에는 일정량의 용기가 필요하다. 자신의 특별한 취향을 드러냈을 때 받을 관심과 호기심을 감당할 용기, 유별난 사람으로 보이진 않을까 하는 걱정을 이겨낼 용기가.

꽤 많은 사람이 그 용기를 갖지 못해서 끝내 자신의 취향을 밝히지 못한다. 그리고 나중이 돼서야, 자신이 좋아했던 것을 놓치거나 더는 좋아하지 못하게 돼서야 깊이 후회하고 아쉬워하곤 한다. 그때 솔직히 내 취향을 밝힐걸. 더 힘껏 좋아해 줄걸 하고. 취향을 밝혔을 때의 부끄러운 감정과 혹시 누군가가 자신의 취향을 이상하게 여기는 데에서 오는 창피한 감정은 잠깐이지만 그것을 마음껏 즐기지 못한 데에서 오는 아쉬움은 평생 간다는 것을 뒤늦게 깨닫고 만다.

나 역시 그랬다. 좋아했던 가게가 사라졌을 때도 그랬고 마음속으로만 작게 응원했던 사람을 더는 못 보게 됐을 때도 그랬다. 그리고 그때마다 느낀다. 세상의 좋은 것들과 내가 사랑했던 것들은 생각보다도 훨씬 연약할 수도 있고 빨리 사라져 버릴 수도 있다는 것을.

슬픈 일이다. 좋아하는 것을 잃고 싶어 하는 사람은 세상에 없을 테니까. 세상에 영원한 건 절대 없다지만 그래도 조금이라도 덜 슬퍼하고 덜 후회하기 위해선 그 유한하고 연약한 것들이 내 앞 또는 내 곁에 있을 때 힘껏 좋아하고 아껴주는 일 말고는 없을 것이다.

오늘부터라도 좋아하는 것을 좋아한다고 말하는 연습을 시작해 보는 것은 어떨까. 사랑스러운 것들을 사랑할 시간은 그리 많이 남아 있지 않으니까. 사랑스러운 것들을 제때 사랑해 주는 것만큼 행복한 일도 더 없을 테니까.

행복
퇴화

아프리카 남동부의 모리셔스섬에는 한때 도도새라는 새가 살고 있었다. 도도새는 아주 몸집이 커다랗고 움직임이 굼떴지만 별다른 문제가 되지는 않았다. 워낙 폐쇄되어 있던 섬이었기에 그 무엇도 그들에게 위협이 되지 않았고 새로운 포식자 역시 오랫동안 나타나지 않았기 때문이다.

생존 능력을 잃는 것은 당연한 수순이었다. 날아서 도망갈 일이 없으니 점점 날개를 사용하지 않았고 결국에는 비행 능력을 잃고 뒤뚱뒤뚱 걸어 다니기만 했다.

하지만 어느 날 포르투갈의 선원들에 의해 모리셔스 섬은 발견되었고, 그때부터 신선한 고기를 필요로 했던 인간들에 의해 도도새들은 무참하게 희생되기 시작했다. 그리고 얼마 지나지 않아 그들은 초라하게 멸종을 맞이해 버리고 말았다. 어찌 보면 당연한 수순이었다. 살아남을 능력이 단 하나도 없으니 빠르게 도태될 수밖에.

도도새가 날 필요를 느끼지 못해 날지 않다 보니 비행 능력 자체를 잃게 되었던 것처럼, 우리의 몇 가지 능력 역시 우리가 눈치채지 못하는 사이에 상실되고 말았을지도 모른다.

자신에게는 그럴 필요가 없다고 생각하며 긴 글을 읽 지도 않고 쓰지도 않다 보면 결국에는 길게 생각하고 길 게 내다보는 능력까지 잃고 만다. 간단하게라도 스스로의 끼니를 직접 책임지지 않다 보면 처음에는 미각만 무뎌지 기 시작하는 것 같겠지만 나아가서는 나를 가꾸는 일 전반에 무뎌져 버리기도 한다. 그럴 때마다 괜히 도도새의 어딘가 멍청해 보이는 표정이 꼭 나와 닮은 것만 같다는 생각에 소름이 돋는다.

온종일 위기감을 느끼며 살아갈 필요도 없고 필요하지도 않은 걱정을 사서 할 필요도 없지만 인생 단위의 스트레칭을 하듯 길게 사유하며 멀리 가보기도 하고 내가 생활하는 반경 바깥의 새로운 세상을 경험하려는 노력 정도는 하면서 지내야 한다. 더 멋지게 사는 법, 행복을 느끼는 법을 잊어버리기 전에. 삶이 던지는 권태감이나 위협들로부터 사냥당해 버리기 전에 말이다.

겸손
이라는 착각

국내에서만큼이나 해외 영화 시장에서 큰 사랑을 받고 있는 배우인 배두나 씨가 어느 예능 프로그램에서 했던 말이 한동안 내 마음을 맴돌았다. 겸손에 관한 말이었다. 누군가가 그녀에게 '요즘 주눅을 겸손처럼 생각하는 사람들이 많다'며 운을 떼자 그녀가 입을 열기 시작했다.

"제가 처음에 서양 영화 시장에 진출하면서 가장 힘들었던 게 그 문화였어요. 한국식 겸손을 떼어내기가 너무 힘들더라고요."

"왜 우리나라 사람들은 덕분에라는 말을 제일 많이 쓰잖아요. 누가 '너 이번에 영화 너무 좋았어.'라고 말하면 나는 '덕분에요. 운이 좋았죠.' 늘 그랬던 것처럼 그렇게 대답했거든요. 그런데 서양에 나가서 그렇게 말하니까 진짜 저를 무슨 바보로 보더라고요. 사람에 대한 매력도가 떨어지는 걸로 보는 건 물론이고 좀 이상한 사람 취급까지 당하는 것 같았어요."

"다른 칭찬도 마찬가지예요. 너 오늘 너무 예쁘다. 누가 말하면 나는 '어우 아니야'라고 말해요. 그런데 자기가 나를 보고 예쁘다는데 내가 뭘 굳이 아니라고 해요? 따지고 보면 그 사람의 취향인데 말이에요. 그랬더니 그 친구가 어느 날 나한테 말하더라고요. 두나야. 앞으로는 그럴 때 그냥 '땡큐' 해도 돼. 그때 깨달았죠. 아. 그게 상대를 편안하게 해주는 일이구나."

물론 우리나라에서 겸손은 여전히 중요한 미덕 중 하

나이다. 겸손을 모르고 자신의 장점이나 매력을 뽐내기만 하면 누군가로부터는 세상 넓은 줄 모르고 거만을 떤다며 미운털이 박힐지도 모르는 일이다. 하지만 배두나 씨의 말마따나 겸손의 정도가 지나치면 오히려 상대방을 불편하게 만들 수 있고 나의 매력도를 내가 깎아 먹는 일이 될 수도 있다는 말에도 역시 동감한다.

겸손이 곧 자기 가치를 깎아내리는 일은 아니다. 겸손이라는 낱말의 사전적 정의는 '남을 존중하고 자기를 내세우지 않는 태도'이다. 이 설명 안에는 자기를 내세우지 않는 태도라고만 적혀 있지, 역으로 스스로를 깎아내려야 한다는 말은 적혀 있지 않다. 겸손과 자기 비하를 잘 구분할 줄 알아야 한다는 뜻이다.

이렇게 글을 마무리 짓고 있는데, 옆에서 나를 유심히 보고 있던 친구가 '역시 참 잘 쓰네'라고 말한다. 나는 나도 모르게 '아이고. 아니야'라고 대답한다.

정말, 어느 노래 가사처럼 겸손은 참 힘들기도 하다.

이게
행복이지

좋아하는 재료가 가득 들어간 기름진 음식을
먹거나 참고 참다가 여행을 떠날 때, 지친 하루를 마무리
하며 욕조에 몸을 던질 때면 입에서 '이게 행복이지'라는
말이 절로 나온다. 그리고 신기하게도 그렇게 말하는 순
간부터 기분은 배로 더 좋아진다.

하지만 가만히 생각해보면 우리는 그것과 비슷한 음
식을 거의 매일 먹고 있고 따뜻한 물로 씻는 것 역시 매일
의 당연한 일과로 삼고 있지 않은가. 어째서 어떤 날에는
심드렁하게만 다가오던 것이 다른 어떤 날에는 행복 그
자체로 여겨지기도 하는 걸까.

다만 그것을 행복으로 인식하느냐 안 하느냐에 따라서 그토록 커다란 기분의 차이를 느끼는 것이라는 생각을 자주 한다. 우리가 누리는 것들은 사실 다 거기서 거기인데, 일상이라는 이름표를 붙여주느냐 행복이라는 이름표를 붙여주느냐에 따라 그것을 아무렇지도 않게 여길 수도 있고 반대로 근사한 것으로 여길 수도 있는 것이다.

그러니까 간단하게 말하면, 행복은 행복으로 인식하기 나름인 거라고.

행복의 역치를 낮추고 빈도는 높이기 위해서 '이게 행복이지'라고 말하는 순간을 더 많이 늘려가야 한다. 그래야 나 자신도 행복이 행복인 줄 알 것이다.

선배

가끔은 내가 몸담고 있는 조직이나 회사 사람들이 나와 같은 목적을 지닌 팀원인지 아니면 나를 죽이지 못해 안달이 나 있는 적군인지가 헷갈릴 때가 있었다. 분명 함께 지향하고 있는 지점이 있고 각자가 그를 위해 나름의 최선을 다하고 있는데 그 과정에서 일어난 작은 실수와 사고들 앞에서 필요 이상으로 나를 비난하고 엄하게 책임만을 물었던 것이다.

그럴 때면 내 마음을 어디에 둬야 할지를 몰랐다. 내가 당신보다 직급도 낮고 경험도 적으므로 어쩌면 실수하는 것이 당연한데 당신은 나를 죽일 것처럼 굴기만 하니 내

편이 없다는 서러운 마음과 앞으로는 어떻게 헤쳐나가야 하나 하는 막막한 마음만이 교차했다. 몇 번은 그들의 비난에 나까지도 동참하여 '다 네가 부족해서 그런 거다'라고 말하며 스스로를 깎아내리기도 했었다.

하지만 조금 다른 품격을 보여주는 사람도 있었다. 그는 내가 같은 과정에서 비슷한 실수를 저질렀는데도 결과만을 보며 나를 질책하는 대신 어떻게든 잘해보려고 했던 나의 의도부터 생각해 주곤 했다. 나아가서는 사람들 앞에서 자신이 잘못한 일이니 자신이 책임지겠다고 대신 나서주기도 했다. 미안한 마음에 몇 번이고 고개를 숙여도 그는 나를 말리고 봤다.

"당연히 모를 수 있지. 괜찮아. 내가 선배잖아. 알려주고 책임져 주려고 있는 사람이니까 마음 쓰지 마."

그러니 나중에 당신이 선배가 되었을 때도 무작정 엄

하게 혼내기만 하기보단 이렇게 감싸주고 친절하게 알려
줄 줄도 아는 사람이 되어달라고. 나는 그의 말을 듣고는
세상을 다르게 보기 시작했다. 언젠가는 나도 어떻게든
앙갚음을 하겠다는 어두운 마음은 가시고 더 크고 믿음직
한 사람, 배울 부분이 있는 사람이 되어야겠다는 마음이
자라나기 시작했다.

선배의 말을 듣고 선배 또는 상사라는 자리가 지니는
진정한 의미에 대해 오래오래 생각했다. 그리고 오늘 느
낀 이 감정을 긴 시간이 흐른 뒤에도 절대 잊지 말아야겠
다고 다짐했다.

말
　　습관

　　'그냥 해본 말'이라는 말을 별로 안 좋아한다. 오히려 해를 거듭할수록 내 입은 무거워진다. 가볍게 말하지 않고 반드시 해야 할 말만 해서 '그냥 해본 말'을 점점 내 삶에서 없애가려고 한다.

　　말은 눈에 보이지도 않고 무게를 달아볼 수도 없지만 다른 무엇보다도 무섭고 무겁다. 그 말을 뱉는 사람이 누가 됐든 그리고 그 말이 좋은 말이든 나쁜 말이든 반드시 말하는 대로 된다.

　　실제로 내가 하는 말과 행동이 내 하루와 인생을 만들

어간다. 평소에 욕을 많이 하면 점점 욕할 일들만 늘어간다. 다른 사람을 많이 칭찬하고 다니면 그 말들은 돌고 돌아 여러 사람의 입을 통해 나를 향한 칭찬들로 돌아온다. 일도 마찬가지다. 안 될 거라고 말하면 안 되는 경우가 부지기수고 될 것 같다고 말하면 놀라울 정도로 커다란 성공을 심심찮게 이루게 된다.

그저 마음가짐의 문제이다.

사람이 그렇다. 안 될 거라고 말하면 무의식적으로 정말로 그 일이 안 되는 이유, '안 돼야만 하는 이유'만 생각하게 된다. 반대로 잘될 거라고 말하거나 시시때때로 내 목적을 소리 내어 당당하게 말하면 그것이 알게 모르게 내 머릿속에서 평소보다 더 자주 상기되고 각인되어 그것을 정말로 이룰 수 있는 더 나은 방법을 찾기 시작하는 것이다.

세상에 그냥은 없다. 어떤 말과 행동에든 나름의 이유와 영향력이 담겨 있다. 그러므로 오늘도 나는 절대로 그냥 말하지 않는다. 오래 생각하고 말하고 안 될 거라고 말하는 대신 잘될 거라고, 그리하여 결국에는 행복해질 거라고 말한다. 무엇보다도 무겁고 단단한 진심을 담아서 말한다. 그게 내가 나를 응원하는 가장 쉬운 방법일 테니까.

미래의
내가 지금의 나에게

살다 보면 그동안 쌓아온 크고 작은 경험이 의도치 않게 내가 지금 해야 하는 일이나 고민하는 일에 도움이 되어줄 때가 있다. 별다른 의미 없이 어영부영 선택했던 전공이 당시에는 인생에 전혀 도움이 되지 않는다고 생각했는데 훗날 나만의 가게를 차린다든가 새로운 직종에 도전해야 할 때 더없이 든든한 무기가 되어주기도 하는 것처럼 말이다.

꼭 일이 아니어도 그렇다. 삶이라는 게 다 그런 식으로 흘러가는 것 같다는 생각을 자주 한다. 그때는 당장 버티고 있는 시간이 너무 힘들고 의미 없는 것 같았지만 나중에 돌이켜봤을 때 다 필요했던 시간, 지금의 내가 되는 데에 어떻게든 도움이 되어준 시간이었다고 생각되는 때가 많았다. 비록 그게 사소한 일이었을지라도 말이다.

불행도 경험 삼으라는 말, 곧 죽어도 노력하라는 뻔한 말을 하려는 게 아니다. 그냥 그렇게 생각하면 조금 덜 고통스러워진다. 산다는 건 오래오래 버티는 것, 그렇게 버티다가 하루 이틀쯤 달콤한 날이 찾아오면 그를 누리고 다시 또 오래오래 버티는 것의 연속이라는 것을 안다. 다만 삶이 그렇게 고되고 힘든 것의 연속이라고 해서 마냥 울기만 하고 절망만 하지는 않았으면 한다는 말을 하고 싶을 뿐이다.

노력했지만 빛을 못 본 순간도 언젠가 그때 그러길 잘했어 하고 생각하게 될 수도 있겠지. 힘든 지금도 언젠가 웃으면서 이야기할 날이 오겠지. 그렇게 생각하다 보면 조금은 편해진다. 어쩌면 정말로 지금의 눈물이 훗날의 단비가 되어줄지도 모르는 일이다.

미래의 내가 지금의 내게 고마워하고 있다.
지금 충분히 잘하고 있다는 말이다.

다른
행성에서 온 사람

평소 완벽한 결혼생활을 하는 것으로 유명한 배우가 한 예능 프로그램에 나와서 한 말이 화제가 됐던 적이 있다. 아내에게 워낙 다정하다고 잘 알려진 그였기에, 진행자는 그에게 농담을 섞어 이런 질문을 던졌다.

"대한민국 남편들이 형님 싫어하는 것 아시죠? 형님 도 아내분께 잔소리 많이 하시나요?"

그러니 그 배우는 이렇게 대답하는 것이었다.

"제가 말씀드렸잖아요. 절대 잔소리 안 합니다. 아시

다시피 그분이 어렸을 때부터 바쁘게 살았다 보니까 습관처럼 양말이나 옷을 아무렇게나 벗어두고 가요. 그러면 제가 다 하나씩 치우죠. 그리고 그분은 치약도 한가운데를 짜요. 그러면 저는 다시 끝에서부터 짜서 치약을 정리하죠. 그러면서도 저는 아무 말도 안 해요. 어휴 또 이렇게 했네. 그런 혼잣말도 안 해요."

그곳에 있는 사람들은 그의 말을 듣고는 혀를 내둘렀다. 어쩌면 그럴 수가 있냐며. 사람이라면 집이 어질러진 모습을 보고 화가 나는 게 당연한 거 아니냐며. 그는 다시 대답했다.

"뭐 하러 그렇게 혼잣말을 하고 화를 내요. 그 사람은 그렇게 살아왔어요. 그런데 저는 그렇게 안 살아왔으니까, 그런 것들이 눈에 보이면 제가 살아왔던 대로 그렇게 해두면 되는 거예요. 생각을 바꿔야 해요. 저는 아내의 생각과 아내의 모든 것을 하나도 몰라요. 그래서 매일 신비로워요. 우리는 결혼한 후에 부부싸움을 한 번도 한 적이 없어요. 아내와 내가 아예 다른 행성에서 왔다고 생각하면 이해하지 못할 게 없으니까요."

그 사람과 나는 다른 행성에서 온 사람이다. 처음 그 한마디를 접했을 때의 충격을 아직도 잊지 못한다. 그렇구나. 다른 동네도 다른 도시도 아니고 다른 행성에서 온 사람이라면 하나부터 열까지 모든 게 나와는 다른 것이 당연할 테니 짜증을 낼 일도 무언가를 강요할 일도 없고, 다툴 일도 없겠구나.

그가 던진 메시지는 비단 연인이나 부부 사이에만 국한되는 말이 아닐지도 모른다. 더 넓은 영역의 거의 모든 관계로 확장시켜도 여전히 그 메시지는 유효할 것이다. 당신과 나는 처음부터 완벽하게 다른 사람이라고 생각하면 많은 문제가 해결될 테니까. 미워하는 마음도 다툼도 안 생기고 오히려 더 친절할 수 있고 더 다정해질 수도 있다. 관계에서 오는 문제의 대부분은 나와 그 사람이 너무 가깝다고 생각하는 것에서 시작한다.

후유증

"뭐 그거 하나 숨겼다고 그래?"
"작은 거짓말 한번 했을 뿐인데. 왜 화를 내?
넌 거짓말 안 해?"

자신이 거짓말을 해놓고 오히려 너무 과민반응을 하거나 크게 화를 낸다고 서운해하는 사람들이 있다. 사소한 거짓말쯤은 괜찮은 거 아니냐고. 가까운 사이에서는 한두 번쯤 그럴 수도 있는 것 아니냐면서.

하나는 알고 둘은 모르는 사람들이다. 거짓말이 정말 무서운 이유는 한번 그 사람에게 속고 나면 '이 사람은 내게 거짓말을 했던 사람', 그리고 '앞으로도 나를 속일 수 있는 사람'이라는 생각이 거의 영원에 가깝도록 남기 때문이다. 그런 관계가 주는 괴로움은 말로는 다 표현할 수가 없다.

그때부터 비극이 일어나기 시작한다. 그 사람에게는 나를 속이려는 의도가 없었다고 할지라도 나는 과거의 기억 때문에 신경이 예민해져서 관계가 점점 더 껄끄러워진다. 서로가 괴로운 관계다. 의심받는 쪽에서는 전혀 그런 마음이 없었는데 상대방이 나를 믿지 않는 모습을 보고는 더없이 서운해하기 시작하고 의심하는 쪽에서는 상대방을 두려워하는 마음과 용서하지 못하는 마음이 뒤섞여서 괴로워진다.

그래서 애초에 숨기는 것을 만들지 않고 관계를 이어가야 한다.

교통사고 후유증이 있는 사람은 차에 타는 것을 무서워하고 달리기를 하다가 넘어져 본 적이 있는 사람은 마음껏 달리는 일을 주저할 수밖에 없다. 한 번 거짓말이라는 것으로 상처가 나면 쉽게 아물지 않는다. 몸보다는 마음에 남은 상처이기 때문이다. 특히 사랑하는 사이에서는 그 상처가 더 깊게 남는다. 관계를 지키고 싶다면 거짓말만은 하지 않아야 한다.

하늘
사진

언젠가부터 하늘이 예쁜 날이나 달이 예쁜 날, 비나 눈이 예쁘게 오는 날에는 습관적으로 SNS부터 열어보는 버릇이 생겼다. 그러면 거기엔 어김없이 하늘 사진이 가득하다.

그렇게 사람들이 여러 지역에서 여러 각도로 보여주는 하늘의 모습들을 보고 있으면 괜히 마음이 따뜻해진다. 마치 '내가 이 각박하고 바쁜 세상에서 이만큼이나 예쁜 걸 봤으니 당신도 조금이라도 시간을 들여서 좋은 것을 구경하세요'라는, 최소한의 인류애가 느껴지는 것 같아서. 나쁜 일이 일어나면 내가 당신을 염려해 주고 좋은 일이 있으면 작게나마 축하해줄 거라고. 예쁘고 좋은 것이 있으면 당신에게도 보여주겠다고 말해주는 따뜻한 공동체에 속해 있는 느낌이라서 그렇다.

비나 눈이 예쁘게 내린다면 좋겠다. 뭐가 내리지 않더라도 그냥 하늘의 빛깔이 예쁘다거나 노을빛이 예쁘다면 좋겠다. 그러면 나도 한 번쯤은 그것을 예쁘게 사진에 담아 사람들에게 보여줘야겠다.

비우는 삶

쉴
자격

폭풍 같은 한 주가 흘러가고 맞은 주말, 피로가 누적되어 있는 게 피부로 느껴지는데 마음 놓고 누워서 쉬기가 힘들다. 내가 정말 쉬어도 되는 걸까. 뭔가 더 해야만 하는 거 아닐까 하는 생각이 마음을 어지럽힌다. 갑자기 휴가가 생겼을 때도 마찬가지다. 모두가 갈망하는 휴가인데 나는 어쩔 줄을 몰라만 하다가 고스란히 시간을 흘려보내기만 할 뿐이다.

휴식이 중요하다는 말을 귀에 박히도록 들어서 잘 알지만 그래도 마음 놓고 쉬는 일을 어려워하는 사람들이 있다. 그런 사람들 대부분은 스스로에게 엄하고 규율 중심으로 생각하고 행동하는 사람들이다. 그들은 바쁜 일정과 책임감, 혹은 쉬는 것에 대한 죄책감 때문에 휴식을 부담스럽게만 받아들인다. 그래서 굳이 하지 않아도 되는 일을 찾아서 하거나 남들과 함께해야 할 일을 미리 혼자서 떠안기도 한다.

하지만 아무리 일을 중요하게 생각하는 사람이라고 하더라도 휴식은 필수다. 휴식은 사치가 아니라 더 잘하기 위해 반드시 필요한 과정이라는 것을 알아야 한다. 아무리 단순하게 설계된 기계라고 할지라도 배터리가 방전된 상태로는 아무것도 제대로 할 수 없는데 그보다 훨씬 복잡하게 구성되어 있고 훨씬 더 복잡한 일을 수행하는 우리라고 다르겠는가?

물론 일상에도 관성이라는 것이 있기에 열심히 일만 하던 사람이 당장 쉬는 날에 늘어져서 쉬기만 할 수는 없을 것이다. 갑자기 변화가 일어나면 어디에서 어떻게든 부작용이 생기기 마련일 것이다. 작은 휴식부터 시작해야 한다. 하루를 완전하게 휴식에만 몰두하지는 못하더라도 10분, 30분처럼 짧은 시간부터 시작해도 괜찮다. 업무와 휴식의 경계를 명확히 해두고 쉬는 동안만큼은 진정으로 마음을 놓도록 해보는 것이다. 생산적인 휴식 방법을 찾는 것도 도움이 될 수 있다. 꼭 '아무것도 하지 않음'만이 휴식은 아니다. 좋아하는 책을 읽거나 산책하는 등 마음을 편안하게 해주는 활동도 훌륭한 휴식이 될 수 있다. 휴식은 일을 방해하는 게 아니라 그 일을 더 잘하기 위한 투자이다. 지금 쉬는 시간이 미래의 생산성과 행복으로 돌아올 거라는 사실을 외면해선 안 된다.

일주일 내내 열심히 움직이고 스스로를 다그쳤는가? 이제는 '나는 쉴 자격이 있다'고 스스로에게 말해줄 시간이다.

비우는
삶

깔끔하게 다린 옷부터 정리 정돈이 잘 된 집. 잔머리 없이 잘 빗겨진 머리카락. 그리고 너무 왜소하거나 비대하지 않은 몸매까지. 모두가 깔끔한 삶을 살기를 원해서 미용실과 옷 가게, 체육관을 드나들며 자기를 가꾸는 데 여념이 없다.

하지만 깔끔한 삶이라는 것은 단순히 외모나 겉모습만을 의미하지 않는다. 진실로 깔끔한 삶에는 정리된 마음과 생활 습관이 포함되어야 한다. 이 점을 염두에 뒀을 때 가장 중요한 것이 바로 '필요 없는 것을 비우는 습관'이다.

필요 없는 것을 비우는 습관을 제대로 들이기 위해선 우선 물리적인 주변 공간을 깔끔히 정리하는 것부터 시작하면 좋다. 옷장, 책상, 서랍 같은 일상적인 공간에서 한 번도 사용하지 않은 물건이나 이미 필요 없어진 것들을 버리는 것이다. 혹은 이미 가지고 있는 물건의 자리를 정해두고 사용 후 제자리에 두는 것을 습관화하면 언제나 정돈된 공간을 유지할 수 있다.

깔끔한 삶은 감정적인 정리도 포함한다. 불필요한 불안, 미움, 과거에 대한 후회를 정리하고 현재의 자신을 더 소중히 여기는 연습을 해보자. 건강하지 않은 관계에 너무 많은 에너지를 소모하고 있다면 관계를 재평가해 보고 필요한 경우 그와 거리를 두는 것도 깔끔한 삶의 일환이 될 수 있다.

일정과 목표 정리도 중요하다. 지나치게 많은 일정을 채우거나 과도한 목표를 세우는 대신 간결하게 우선순위를 정하고 중요한 일에 집중해야 한다. 이를 위해 매일 아침 '오늘 꼭 해야 할 3가지'와 같은 식으로 정리하고 실천하는 습관을 들이면 삶 전체가 간결해지는 느낌을 받을 것이다.

여기에 한 가지 더 해야 할 정리가 있다. 바로 디지털 공간 정리다. 스마트폰, 이메일, 컴퓨터 파일 같은 디지털 환경도 깔끔히 유지해야 한다. 불필요한 앱을 삭제하거나 이메일 정리를 통해 중요한 정보만 남겨두는 것이 좋다.

공간, 물건뿐만 아니라 감정, 일정, 디지털 공간까지 깔끔한 삶을 추구하면 효율성은 높아지고 심리적으로는 안정되고 자신감은 향상되는 것이 피부로 느껴진다. 그리고 이러한 변화는 내가 아닌 주변 사람들에게도 충분하게 각인되기 시작해, 전보다도 많은 호감과 신뢰감을 얻을 수도 있다. '저 사람은 자신과 자신 주변까지도 잘 책임질 수 있는 사람이구나, 저 사람에게라면 나의 일부분을 맡

겨도 괜찮겠다'는 확신을 무의식중에 품게 된다. 무언가를 가득 가지고 사는 사람보다 필요한 것만 남겨두고 모든 것을 비우고 사는 사람이 더 대단해 보일 때가 많지 않은가. 어쩌면 진정한 자기관리란 필요 없는 것을 깔끔하게 정리하는 것일지도 모른다.

흘려들어도
　　　좋은 말들

　　　　　　　우리는 하루에도 수도 없이 많은 말들을
다른 사람들과 주고받으며 상호작용한다. 그동안 잘 지냈
냐는 안부 인사에서부터 시작해서 중요한 업무에 관한 이
야기까지 오가는 말들의 유형과 무게는 천차만별이다. 가
능만 하다면야 그 모든 말을 잘 기억해 두었다가 필요할
때마다 떠올리거나 그 모든 말에서 나름의 의미를 찾아
삶을 이롭게 만들면 좋겠지만 너무도 많은 데이터가 쌓이
면 전자기기도 성능이 저하되거나 가동을 멈추는 것처럼,
우리 역시 너무도 많은 말들을 곧이곧대로 다 받아들이면
마음과 일상 곳곳에서 부작용이 생기기 마련이다. 그게
바로 우리가 지혜롭게 말들을 가려서 들어야 하는 이유

이다. 간결하고도 평화로운 하루하루를 위해 다음과 같은
말들은 흘려들어도 좋은 말들이다.

1. 지금의 내게 필요하지 않은 말들

어딘가가 다쳐서 아픈 사람들은 가끔 무작정 그곳에
뜨겁거나 차가운 찜질 팩을 아무렇게나 가져다 대곤 한
다. 하지만 냉찜질과 온찜질이 각각 어떤 상황에서 필요
한지를 아는 사람은 그다지 많지 않다. 그것에 관해 제대
로 알지도 못하면서 '아무튼 좋겠지'라며 아무렇게나 처
치하다가 오히려 상황이 더 악화되는 경우도 많다. 위로
나 응원의 말 역시 마찬가지다. 아무리 대다수의 사람들
에게 좋게 다가가는 말들이라고 할지라도 지금의 나에게
만큼은 좋지 않게 다가오는 말이 있으며 거창하고 화려한
말들보다 아주 작고 소소한 한마디만이 진정으로 필요할
때도 있다. 나를 진정으로 위하고 있다는 느낌은 조금도
없이 덩치만 커다란 말들은 되도록 흘려듣는 것이 좋다.

2. 내가 아닌 자신을 위한 말들

분명 나를 보면서 하는 말 같기는 한데 가만히 들어보면 모든 신경이 내가 아닌 말하는 본인에게만 집중되어 있는 말들이 있다. 나의 경우에는 그때 이런 위대한 결정을 내렸다, 내가 이만큼이나 대단한 사람이다, 사람들이 그런 것처럼 너도 나를 대단한 사람이라고 생각해야 한다, 마치 그렇게 말하고 있는 듯한 말들이다. 대부분의 경우 그런 사람들은 자신의 훌륭한 모습을 설명함으로써 허영심을 충족시키려는 의도만 가득하다. 그러므로 웬만하면 그런 말들은 가볍게 넘겨듣고는 얼른 그 자리를 뜨는 것이 좋다. 안 그래도 지쳐 있는 마음을 굳이 더 지치게 만들 필요는 없으니까.

3. 겁만 주려 드는 말들

너는 분명 망하거나 후회할 것이다. 다른 사람들은 잘

되었을지 몰라도 그게 너의 이야기는 아닐 수도 있다. 헛된 생각 하지 말고 다른 안전한 방법을 찾아보라는 말들은 겉으로 보기에는 나를 몹시 걱정하는 것처럼 다가오기도 한다. 그리고 그중 몇 마디는 진심 어린 걱정일 수도 있다. 하지만 나를 겁주는 말들 대부분의 기저에는 나를 무시하는 마음이 깔려 있는 경우가 많다. 나의 장점이나 가능성은 철저히 무시하고 내 단점과 부족함에만 집중하는 것이다. 그런 사람들은 당신을 객관적으로 보는 이들이 아니라 당신을 비관적으로 보는 사람들일 확률이 높다.

물론 이것들 중에서도 진심으로 나를 위해서 건네는 말이 있을지도 모른다. 그렇다고 할지라도 이러한 말들은 듣는 사람의 마음을 허무하게 만들거나 경직시키거나 더 깊은 비관의 낭떠러지로 몰아내기 쉬운 말들이므로 필요 이상으로 귀담아들을 필요는 없다.

대신 나를 앞으로 나아가게 하는 말들, 조금이라도 웃

게 하는 말들을 마음에 담으며 하루하루를 살자. 그렇게
지내기에도 너무나 아까운 하루하루니까.

의지
한다는 것

단순히 겉으로 풍기는 이미지 때문에 혹은 과거의 일들 때문에 사회적인 역할이 정해진 채로 굳어지는 경우가 많다. 이를테면 어떤 사람은 첫인상이 듬직해 보인다는 이유로 사람들에게 자주 의지의 대상으로 낙점돼 버리는가 하면 또 다른 누군가는 한두 번 누군가의 아픔을 다독여주었을 뿐인데 이후에도 당연하다는 듯이 남을 챙겨주기만 하는 역할로만 지내게 되는 식이다.

그런 사람들에게는 처음에는 없었을지 몰라도 자연스레 일련의 책임감이 생기기 시작한다. 나는 누군가에게 의지가 되는 사람, 누군가를 보살펴 주는 역할을 맡은 사람이므로 절대 약한 모습을 보이면 안 되며 내가 누군가에게 기대서는 더더욱 안 된다는 강박을 갖기 시작한다.

하지만 그런 사람들은 대부분 오래가지 못해 제풀에 쓰러지거나 오히려 상대방으로부터 서운함이나 실망의 대상이 돼버리곤 한다. 듬직한 모습만을 보여주려 안간힘을 쓰다가 기력이 다해버린다. 자신이 힘든 것은 털어놓지도 못한 채 계속 다른 사람에게 어깨를 내어주고 있기 때문이다.

음식을 많이 먹어본 사람이 훌륭한 요리사가 될 수 있다. 또 많은 의자에 앉아본 사람이 비로소 편안한 의자를 만들 줄 알게 된다. 의지하는 일 역시 마찬가지다. 타인에게 몇 번이라도 의지해본 적 있는 사람이 훗날 남에게 제대로 어깨를 빌려주는 법을 알게 된다.

버티기만 하지 말고, 착하고 다정한 사람으로만 있으

려 하지 말고 가끔은 기대는 연습도 해보자. 금방 쓰러져
버리지 않도록. 더 오래 내 사람들과 행복하게 지낼 수 있
도록 말이다. 내가 누군가에게 기대 봐야 다음에 누군가
가 나에게 기댔을 때 더 듬직한 사람이 되어줄 수 있다.

벗어나
있는 시간

　"아무 때나 앉아 담배 한 대 피워. 사실은 그냥 멍때릴 시간 좀 버는 거지. 조용한 5분을 줘."

　즐겨 듣는 어느 노래의 가사다. 이 가사를 속삭이고 있으면 화자의 번뇌가 느껴진다. 담배를 피우는 동안의 조용한 5분을 제외하면 얼마나 많은 소음과 생각들이 그를 괴롭히기에 이런 가사를 쓴 걸까 하는 생각에 저절로 마음이 숙연해진다.

　나에게도 고요는 필요하다.

하루 종일 글자들을 읽고 읽은 만큼 쓰는 것이 직업이다 보니 쉬는 시간에는 되도록 글자를 읽지 않으려 한다. 시간만 허락한다면 글자가 아닌 그림이나 사진이 있는 미술관 구경을 떠나기도 한다. 그곳에서 아무런 말도 없이 시간을 보내다 보면 비로소 마음에 평화가 찾아온다.

하지만 글을 쓰는 사람이 아니라 반대로 그림이나 사진을 만드는 사람들은 시각적이고 장면적인 정보를 차단하고 오히려 독서 등을 통해 활자의 숲속으로 뛰어드는 것이 고요를 찾는 방법이자 휴식의 방법일 것이다.

인생이 꼭 무언가로 가득 차 있어야 한다고는 생각하지 않는다. 때로는 영혼의 피로를 달래주기 위해 비워져 있는 부분과 비워져 있는 순간도 필요하다고 믿는다. 그 누구도 그 무엇도 없는 것처럼 정적만이 가득하고 눈앞의 풍경은 텅 비어 있는 시간. 나의 일상으로부터 벗어나 있는 시간. 나와 당신에겐 이런 시간이 필요하다.

최소한의
루틴

       자신은 원래 성격 자체가 즉흥적이고 낙천적인 편이라고 말하고 다니지만 정작 변수를 맞닥뜨릴 때마다 당황하는 사람들이 부지기수다. 이럴 때를 대비한 플랜 B도 단단하게 잡혀 있는 생각이나 생활의 방식도 없어서 눈앞의 상황에 맥없이 휘둘리기만 한다. 그리고는 결국 만신창이가 되어 모든 게 세상이 험해서 그런 거라고. 자신은 잘못이 없다고만 되뇐다.

    언제나 수억 가지의 변수가 꿈틀거리고 있으므로 단 하루도 완벽하게 똑같이 반복되지 않는 게 세상살이다. 그러므로 누군가가 보기엔 매일의 계획을 철저하게 세워

두고 사는 사람이 바보 같아 보일지도 모른다. 어차피 생각대로만 흘러가지 않을 게 뻔한데 뭐 하러 그렇게까지 계획에 몰두하느냐면서.

하지만 계획 수립에 능한 사람들은 절대 흔들리지 않는 무겁고 두꺼운 기둥을 하나씩 지니고 있는 사람들이다. 아무리 내 주변에 변수가 많다고 해도 자신이 정해둔 움직임의 방식이 있기에 어떻게든 자신의 삶을 앞으로 굴려 나갈 수 있다.

예상하지 못한 일을 맞닥뜨려도 아주 잠깐 당황하고는 끝이다. 과거의 내가 오늘의 내 등을 밀어주는 모양새로 그들은 꿋꿋하게 오늘을 살아 나간다.

아무리 즉흥적으로 생각하고 지내는 사람이더라도, 최소한의 자기만의 흐름과 규칙 정도는 만들어둬야 변수가 생겼을 때 엎어지지 않는다.

자신과의 약속이 하나도 없는 것을 자유로움이라는
이름으로 핑계 삼아선 안 된다는 말이다.

인간관계가
지긋지긋할 때

원만해선 모두와 원만하게 지내려고 애쓰는 편이지만, 살다 보면 어느 한 사람에게 실망하는 것을 넘어서 인간이라는 종에게 통째로 환멸감을 느끼기도 한다. 그때마다 마음은 그 사람만이 아니라 앞으로 새로 맺게 될 관계, 내가 이전에 맺어왔던 관계들까지 전부 부정하게 되고 철저히 고립하는 방향을 선택하는 등 극단적인 방향으로 치닫는다. 나만 그런 게 아니다. 인류애를 잃고 인간 전체를 싫어하게 된 사람들을 어렵지 않게 찾아볼 수 있다.

그때 가장 먼저 해야 할 일은 순간의 감정에 속아 나와 주변 사람들을 다치게 하지 않는 것이다.

환멸감이라는 감정은 분노와 혐오를 동반한 뜨거운 감정이기에 마음을 차갑게 유지해 주고 있는 이성을 쉽게 녹여버리고 우리로 하여금 충동적인 말과 행동을 하게 만든다. 환멸감을 겪은 우리가 자주 '다시는 사람을 믿지 않겠다'고 말하며 관계 자체를 끊어버리거나 직장이나 모임 등으로부터 흔적도 없이 사라져 버리는 쪽을 택하는 것도 바로 그 때문이다.

하지만 그렇게 불과 같은 감정 상태에서 선택한 것은 얼마 지나지 않아 후회로 돌아오기 마련이다. 그렇게 말하지 말 걸 그랬다고 뉘우치고 그땐 미안했다며 사과해 봐도 이미 벌어진 일들은 되돌릴 수 없다. 그러므로 나중에 후회하고 싶지 않다면, 당장의 감정에 속지 말고 며칠 또는 몇 시간 만이라도 차분하게 생각해 보는 시간을 가져야 한다.

다음으로는 내가 바꿀 수 있는 것을 찾고 내가 할 수 있는 일을 생각해야 한다. 관계는 혼자 맺는 것이 아니기에 그 비율이 다를 수는 있어도 상대방에게 전적인 책임이 있는 경우는 거의 없다. 그리고 이쪽에도 어느 정도의 책임이 있다는 건, 한편으론 내가 바꿀 수 있는 것, 일이 벌어진 뒤에도 할 수 있는 일들이 있다는 뜻이다. 그러므로 이미 일어난 일은 뒤로하고 이후의 더 나은 선택과 방향을 생각하는 것이 좋다.

마지막으로 해야 할 일은 모든 사람을 미워하는 일을 그만두는 것이다. 내가 상처받았다는 사실은 분명하지만, 한편으로는 당신을 좋아하는 사람이 많은 것도 사실이다. 사람에게 상처받았을수록 나를 좋아해 주는 사람들을 생각해야 한다. 그래야 계속 누군가와 함께 살을 비비며 살아갈 수 있는 힘이 생긴다. 아무리 지긋지긋하다고 해도 삶을 혼자 살아갈 수 있는 사람은 아무도 없기 때문이다.

146

몹시 덥거나 추운 계절을 겪을 땐 그 계절이 영원할 것
만 같다. 단 하루도 이런 날을 더 버티지 못할 것만 같다.
하지만 부채질을 한다든가 나를 좋아해 주는 사람들과 온
기를 나누는 등 할 수 있는 일을 하면서 견디다 보면, 시간
은 착실히 흐르고 다시금 서늘하고 온화한 계절은 선물처
럼 다가온다. 그러니 사람은 하루나 이틀쯤 미워할 수 있
어도 그들과 함께 이루는 삶마저 미워하지는 말자. 계절
이 바뀌듯 사람이 다시금 사람이 사랑스러워질 날도 찾아
올 테니까.

맞지
않는 사람

비슷한 관심사가 있는지. 함께 알고 있는 친구가 몇 명이나 되는지. 어디에 살고 있고 어떤 일을 하고 있는지. 좋은 일이 있을 때 진심으로 서로를 축하해줄 수 있는지. 아니면 한쪽이 힘든 일을 겪고 있을 때 얼마나 진심으로 그 곁을 지켜줄 수 있는지. 과연 어떤 사람이 진짜 친구이며 앞으로는 어떤 사람과 가깝게 지내야 할지를 고민할 때 생각해야 할 기준은 정말 많기도 많다.

물론 다 중요하게 짚고 넘어가야 할 조건들이긴 하지만 나는 그것들만큼이나 '얼마나 그 사람 앞에서 나다울 수 있는지'도 못지않게 중요하다고 생각한다. 그 사람과 함께 있을 때 내가 얼마나 숨기는 것이 없고 내가 있고 싶은 나의 모습 그대로 있는지를 확인해야 한다. '이 사람과 허물없이 지내야지'라고 다짐한다고 해서 되는 일도 아니고 두 사람이 억지로 최선을 다한다고 해서 되는 일도 아니다. 체질의 영역에 있는 문제다.

아무리 모두가 재밌고 좋은 사람이라고 평가하는 사람이라고 해도 내가 그와 함께 있을 때 묘하게 불편하다면 그 사람은 나와는 잘 맞지 않는 사람일 확률이 높다.

사람과 사람이 가깝게 지낸다는 건 생각보다도 훨씬 복잡하고 어려운 일이다. MBTI처럼 네 가지 영역만 맞으면 가까워질 수 있는 게 아니다. 사람의 성격이란 그보다 훨씬 복합적이면서 세밀한 체계에 의해 형성되어 있기에 다른 영역은 다 어울린다고 하더라도 말로 설명할 수 없는 기질 하나가 안 맞으면 더없이 어색한 사이로만 남을 수도 있다. 사람들이 누군가를 마주했을 때 '미묘한 주파

수가 맞는다'고 말하는 것도 어쩌면 이와 같은 영역을 말하는 것일지도 모른다.

　도저히 연결되지 않는 인연의 끈을 붙잡고만 있거나 그것을 이어 붙이려고 안간힘을 쓸 필요는 없다. 마음의 힘은 유한하고 세상의 모든 이들과 가깝게 지낼 수는 없으니 포기도 하나의 깔끔한 방법일 수 있다. 죄책감을 가지지 말자. 누가 못나거나 잘나서 그런 게 아니므로. 다만 인연이 아니었을 뿐이므로.

선택적
관계

　　　　몇몇 유명 인사들과 종교인들은 사람들에게
'모두에게 친절하라' 또는 '모든 이와 친하게 지내라'고
말한다. 하지만 말처럼 쉽지만은 않다. 아무리 내가 친절
하려 애쓴다고 할지라도 정작 남들은 내게 불친절한 일이
부지기수이며 모든 사람과 좋은 관계를 유지하려 애쓰다
보니 마음의 여유가 바닥나서 오히려 정신이 피폐해지기
만 했었다.

　　이제는 관계를 선택적으로 맺는다. 내게 적대적이거
나 나를 하대하는 사람들과 굳이 관계를 이어가려 하지
않으며 나를 아껴주고 응원해 주는 사람들에게만 안부 인

사를 건넨다.

　그러다 보면 어떤 사람들은 온갖 말들로 나를 비난하기 시작한다. 그런 식으로 관계를 편식하기만 하면 절대 더 좋은 사람은 될 수 없으며 어른스러움과도 거리가 먼 삶을 살게 될 거라고. 너의 결정을 누군가는 선 긋기 또는 편 가르기로 여겨 서운하게 느낄 거라고 한다.

　그런 우려를 품는 데에도 나름의 이유와 선의가 있을 수 있겠지만, 그럼에도 나는 오늘도 하루만큼씩 나를 둘러싼 울타리를 견고하게 다져갈 뿐이다. 모두가 말하는 좋은 사람이 내가 정말로 원하는 좋은 사람과는 거리가 있을 수 있다는 것, 나를 진심으로 위하는 사람은 애초에 서로를 서운하게 여길 만한 일을 만들지도 않을 거라는 것을 너무나도 잘 알고 있으니까.

　모두에게 좋은 사람일 필요는 없다. 모두에게 좋은 사

람이 되려 노력해 본 적이 있는 사람이라면 그게 얼마나 꿈 같은 목표인지를 잘 알 것이다. 오히려 정말 소중한 사람에게 필요한 다정을 베풀지 못해 모두에게 잘하려다 모두를 잃은 경험도 있을지 모른다.

방송가에서 인성이 좋기로 소문난 신동엽 씨도 다른 사람 이야기를 하는 사람, 그것을 퍼 나르는 사람을 멀리한다고 말하고 유재석 씨도 정중히 부탁을 거절했는데도 나를 안 좋게 생각하는 사람이라면 먼저 정리하려 한다고 말한다. 수많은 사람들을 만나 산전수전을 다 겪은 그들도 멀리하는 사람이 있는데 어떻게 우리라고 모두와 가깝게 지낼 수가 있을까.

그러니까 우리도 이제 좀 이기적으로 살자. 나를 진심으로 위하는 사람, 내가 진심으로 위할 수 있는 사람을 선택하고 그들에게만 집중하면서 살자. 사람들과 나눌 수 있는 마음과 시간은 무한하지 않다.

회의감

삶이 마음처럼 살아지지 않을 때가 있다. 하는
일은 답답할 정도로 안 풀리고 인간관계조차 나를 힘들게
한다. 하루라도 아무 걱정 없이 잠들 수 있다면 좋을 텐데
크고 작은 사건들은 쉴 틈 없이 일어나서 마음을 어지럽
게 만든다.

주변을 둘러보면 나만 빼고 다들 제대로 사는 것처럼
보인다. 그들의 행보에는 거침이 없어 보이고 그들이 지
닌 모든 것이 내가 가진 것보다 배는 좋아 보이기까지 한
다. 보람찬 하루를 마치고 나서 좋아하는 사람들을 만나
맛있는 저녁을 먹고 오늘 하루도 행복했다고 혼잣말하며

잠자리에 드는 모습을 상상하면 내 인생은 어딘가 단단히 잘못되었다는 생각이 다시금 나를 괴롭힌다.

그럴 때마다 몇 개의 물음표가 머리 주변을 스친다. 이게 맞나? 왜 이러지? 그만둬야 하나? 내가 잘못 살고 있나? 그러다 보면 결국 마음은 어느새 모든 것을 부정하고 있다. 내가 해온 일과 내가 이룬 것들, 나아가 내가 맺은 관계와 나라는 사람의 존재 이유까지도.

나의 오늘이 마음에 들지 않아서 의심스러운 마음이 피어오른다고 할지라도 내 지난 노력과 관계와 진심들까지 전부 부정해서는 안 된다. 그런 폭풍 같은 시간들이 나를 휩쓸고 가고 난 뒤에는 텅 비어버린 나를 제외하곤 아무것도 남는 게 없기 때문이다.

'이렇게 사는 것이 맞나'와 같은 회의감을 건강하게 다루는 방법은 하고 있는 일과 살고 있는 삶을 팽개쳐버리는 것이 아니라 돌파구를 찾는 것이다. 한 번도 안 가본 목적지를 향해 가고 있는 당신을 상상해 보자. 만약 한참을 걷다가 막다른 길을 만났다거나 길을 잘못 들었다는 걸 알게 됐을 땐 어떤 행동을 취하겠는가? 그 자리에서 '아예 가기를 포기하기'를 택하는가? 얼른 지금 있는 곳에서 가야 할 곳을 다시 생각하거나 가야 하는 방향을 다시 궁리해야 하지 않겠는가?

나는 나만의 길을 가겠다고 아무리 뜨거운 열정을 품고 산다고 하더라도 결과가 좋지 않을 때도 있고 주변 여건이 따라주지 않을 때도 있다. 그리고 그때마다 문득 '이 길이 맞을까?'와 같은 회의감이 드는 것은 어쩌면 당연한 일이다.

그때 할 수 있는 일은 나 자신을 굳게 믿음과 동시에 내 삶의 방향과 방법을 다시 점검해 보는 일뿐이다. 잘못 살고 있다고 자책하는 것도 무기력하게 누워만 있는 것도

내 앞의 막혀 있는 길을 뚫어주지 않는다. 안개 같은 회의
감은 나를 믿어줄 때 비로소 사라지기 시작한다.

바로 지금이 내가 나를
더 믿어주고 더 똑똑해져야 할 때다.
고민하고 의심할 정도로 삶에 진심인
당신은 이미 충분히 잘 살고 있는 사람이다.

오늘은
그런 하루였어

늦은 밤, 가족이나 애인에게 오늘 하루가 어땠는지를 물으면, 그들은 한동안 아무 말도 없다가 뒤늦게야 힘들었던 하루를 하소연하기 시작한다. 그럴 때마다 가끔 이런 생각이 든다.

'그냥 먼저 말해주면 안 될까?'

'왜 꼭 물어봐야만 말하는 걸까?'

여러 관계를 겪으며 깨달은 한 가지는 가까운 사이일수록 점점 더 수동적인 태도를 보인다는 것이다. 오히려 가벼운 관계에서는 먼저 다가와 시시콜콜한 이야기들을 꺼내곤 하지만 정작 가까운 사람일수록 스스로 마음을 열지 않는다. 상대가 먼저 관심을 보일 때까지 기다린다.

이건 단순한 무관심이 아니라 어쩌면 '관계에 대한 일종의 신뢰'일지도 모른다. '굳이 말하지 않아도 내 마음을 알아주겠지', '이 사람이라면 내가 먼저 말하지 않아도 기다려줄 거야' 하는 믿음 같은 것.

하지만 그런 신뢰가 계속되다 보면 오히려 서로의 마음을 확인할 기회를 놓쳐버리는 경우도 생기는 것 같다. 그래서 가까운 사이일수록 더 많은 관심이 필요하다. 내가 먼저 관심을 보이면 부담스러워하지 않을까 하는 걱정은 하지 않아도 된다. 관심을 받는 일은 언제나 따뜻하게 느끼는 법이니까.

가끔은 먼저 안부를 묻고 작은 것이라도 먼저 말해 보

자. "오늘은 그런 하루였어.", "이거 봤는데 네가 생각났어." 그런 별것 아닌 한 마디가 멀어질 뻔한 마음을 다시 이어주기도 한다. 그렇게 지켜낸 관계는 쉽게 흔들리지 않는다. 결국 우리가 주고받는 관심이 쌓여 사랑이 되고 깊은 신뢰가 된다.

헛된
기대

"네가 바라는 일이 반드시 일어날 거야."
"내가 말하는 대로만 하면 무조건 네가
원하는 걸 줄게."

상처받고 힘들어하는 사람 앞에서 그렇게 상대방을
응원하고 위로해야 한다는 이유로 말도 안 되는 약속이나
전망을 확실한 것처럼 약속하거나 장담하는 사람이 있다.
모두가 부정적으로 말할 만큼 예후가 좋지 않은 병에 걸
렸지만 너는 반드시 한 달 안에 털고 일어날 거라고 장담
하거나 시험에 합격만 하면 본인이 타고 다니던 차는 물
론이거니와 원하는 모든 것을 다 내어주겠다고 약속하는

식이다.

물론 그 말들을 곧이곧대로 다 믿는 사람에게도 어느 정도의 책임은 있겠지만, 그러한 약속과 장담을 꺼내놓는 사람에게 일차적인 책임이 있다.

상처받은 사람을 대하는 법 중 가장 조심해야 할 일이 바로 헛된 기대를 심어주는 일이다. 그러한 행동이 당장은 그 사람에게 웃음과 희망을 줄 수는 있어도 나중에 그것이 좌절되거나 혹은 실제로 실현되었을 때, 그리고 당신이 장담했던 일이 실제로는 일어나지 않았고 당신이 약속했던 것을 당신이 내어주지 않았을 때 끝내 몇 배는 더 커다란 실망과 슬픔을 안겨줄 수도 있기 때문이다.

헛된 기대를 품지 않게끔 너무나도 허무맹랑한 말은 하지 않는 게 좋다. 그보단 '그런 일이 정말로 일어날지 안 일어날지는 모르지만 지금은 우리가 할 수 있는 일을 해보자'라든가 '약속해 줄 수 있는 게 그다지 많지는 않지만 온 마음으로 축하해줄게. 그리고 결과가 좋지 못하더라도 언제까지나 함께해줄게'와 같이 실현 가능성이 있는 말을 해주고 책임질 수 있는 약속을 해주는 것이 장기적으로는 더 좋을 것이다.

너무도 막연하고 먼 목적지는 그곳으로 향하는 사람을 결국에는 지치게 만들지만 그다지 멀지 않은 목적지를 그때그때 새롭게 정해주는 일은 그를 계속 앞으로 향하게 만든다는 걸 잊지 말자.

미움을
다루는 법

아무리 맡은 일을 열심히 해내고 아무리 모든 사람에게 친절해지려고 애써도 나를 미워하는 사람이 반드시 몇 명은 있는 것이 세상살이다. 가끔은 그들에게 도대체 나를 왜 미워하는 거냐고 묻고 싶고 당신들이 원하는 것이 있으면 말해달라고도 부탁하고 싶지만 그들은 내게 그조차도 호의적으로 알려주지 않고 냉담한 표정만 지어 보일 뿐이다.

한 심리학자는 누군가가 이유도 없이 나를 미워한다면 어쩌면 그 사람이 나로부터 자신의 억압된 모습을 보았기 때문일 수도 있다고 말했다. 내가 지닌 모습들이 그 사람이 갖지 못한 모습과 같거나 또는 숨기고 싶은 모습과 같다는 것을 인지했을 때 스스로를 향해 분노와 혐오, 열등감을 표출하는 대신 마찬가지로 그 모습을 지닌 타인을 향해 분노하기 시작한다.

정말 그런 심리에 의해서 나를 미워하는 거라면, 그건 언제까지나 그 사람의 마음의 문제이지 나에 관한 문제가 아니다. 그러므로 그것에 관해 예민하게 반응할 필요가 전혀 없다. 반응하게 되면 그 사람의 심리적인 고통과 결핍에 휘말리기만 할 뿐이니 그저 '저 사람은 자신의 부족함과 고통 때문에 저러는구나. 나는 신경 쓰지 말아야지'라고 생각하며 무시하면 된다.

나를 헐뜯는 마음들은 겉으로 보기에만 요란해 보일 뿐 사실은 힘이 약하다. 나를 향한 진심이 있어야만 나에게 영향을 끼칠 수 있는 법인데, 대부분의 미워하는 마음에는 진심 대신 알량한 열등감과 자격지심 같은 것들만

담기므로 절대 실질적으로 나를 해치지는 못한다.

개가 짖어도 기차는 간다. 아무것도 아닌 미움에 한눈을 팔기에는 가야 할 곳도 눈에 담아야 할 예쁜 풍경도 많기만 하니 우리는 그저 앞으로만 나아가자.

진짜
반성

"아 글쎄 미안하다고 하잖아."

"내가 언제까지 미안해야 해."

"뭐 어떻게 할까? 어떻게 해야 화가 좀 풀릴까?"

전혀 사과 같지 않은 사과의 말들. 나는 사과의 형식을 사용하긴 했으니 사과의 말은 이미 전달된 상태이고, 그렇게 된 이상 사과를 들은 너는 그것을 순순히 받아들여야 한다는 태도가 스민 말들이다. 누군가에게 이런 말들을 들으면 화가 나기보단 오히려 어이가 없어서 웃음만 나온다. 어쩌면 이렇게 누군가의 마음에 무심할 수가 있을까 싶어서.

'그건 나에게 이미 끝난 사건'이라는 생각이 기저에 깔려 있어서가 아닐까 생각해본다. 원래 같은 사건이라고 해도 가해자와 피해자 각각은 다르게 기억할 수밖에는 없다. 피해자는 십 년이 넘도록 고통스러워하고 있을지 모르는 사건이라고 해도 가해자는 시간이 이렇게나 많이 흘렀으니 이제는 좀 괜찮아졌겠구나 지레짐작할 수도 있다는 말이다.

사과의 주인공은 사과를 건네는 사람이 아니라 사과를 듣는 사람이어야 한다. 내 마음 편하자고 하는 사과는 오히려 추가적인 폭력으로 다가갈 수 있으므로.

공허의
이유

공허하다는 말을 입에 달고 다니는 사람들이 종종 보인다. 그렇게 심심하고 할 게 없으면 취미활동이라도 만들어서 해보라고 권하지만 그들은 대부분 그 말에 긍정적으로 반응하지 않는다. 좋아하는 게 없는 거냐고 물어도 마찬가지다. 그들은 마치 자신이 뭘 좋아하는지, 무엇을 했을 때 즐거운지를 전혀 알지 못하는 사람처럼 보인다.

정말로 단순히 좋아하는 게 없고 스스로가 무엇을 좋아하는지조차 파악하지 못하고 있는 것일지도 모르지만 어쩌면 생각보다 더 심각한 상황에 놓여 있는 것일지도

모른다. 무언가를 좋아할 힘이 없거나 어떤 자극도 받고
싶지 않은 상태일지도 모른다는 말이다.

마음이라는 것도 몸과 크게 다를 바가 없기에 어떤 일
로부터 크게 상처를 받았거나 한 가지 일에 너무도 많이
신경을 쓰다 보면 아프거나 지친 상태가 되기 마련이다.
그런 상태에서는 무언가를 좋아하거나 즐기는 것은 물론
이고 밥을 먹거나 잠을 자는 등의 일상적인 일조차 제대
로 해내지 못한다. 그저 멍한 상태로 숨만 쉬고 있다.

큰 병을 앓느라 음식을 소화할 힘도 없는 사람에게
'밥을 안 먹으니까 아프지'라고 말하는 것만큼 잔인한 일
은 없다. 무언가를 좋아하거나 즐길 여력이 없는 사람에
게 좋아하는 것을 찾아보라고 말하는 것 역시 그와 크게
다르지 않다. 그럴 때 필요한 건 어떤 활동을 강요하는 게
아니라 마음이 충분히 회복되는 시간 동안 기다려 주는
것이다.

공허함 속에서 괴로워하는 사람을 너무 성급하게 탓하기만 하지 말자. 그 공허함 속에 어떤 속사정이 숨어 있을지는 당사자가 아니고선 절대 모르는 일이니까.

아무렇지 않은 척

모든 새들에게는 공통적으로 이상한 습성이 있다고 한다. 아무리 아파도 아무렇지 않은 척을 하고 보는 것이다. 아무리 내장에 병이 생겨서 쿡쿡 쑤시고 아무리 꼬리와 날개 곳곳에 상처가 났다고 해도 일단은 더없이 건강한 모습으로 나뭇가지 위에 앉아 세상을 내려다본다고 한다.

호시탐탐 그들을 노리는 포식자들의 표적이 되지 않으려 본능적으로 괜찮은 척부터 하고 보는 것인데, 가끔은 이 행동이 오히려 독이 되어 그들의 목숨을 앗아가기도 한다. 조금은 아픈 내색을 하기도 하고 물가나 둥지를 찾아서 편히 쉰다든가 하며 할 수 있는 모든 조치를 취하고 봐야 하는데 무작정 괜찮은 척만 하다 보니 버티다 지쳐서 나무에서 떨어져 그대로 죽음을 맞는다.

아무리 힘든 일이 있어도 아무렇지 않은 척 지내는 사람들을 보면서, 나는 사람의 마음만큼은 새들의 그 행동과 일정 부분 닮았다고 생각했다. 언제라도 나를 헐뜯으려는 사람들에게 표적이 되지 않으려고 제대로 서 있기도 힘들 만큼 지쳐 있는데도 사람들과 눈을 마주칠 때마다 웃어 보이고 씩씩하게 걸어 보이는 것이다.

하지만 그 시간을 버티지 못하고 이내 크게 쓰러져버리고 나면 어떤 약도 좀처럼 들지 않을 만큼 지독한 시간만이 이어진다. 마음이 죽어버린 사람처럼 어떤 일도 제대로 하지 못하고 어떤 행복도 힘껏 만끽하지 못한다.

더 늦기 전에, 크게 쓰러져서 마음이 죽어버리기 전에

자신의 아픔과 힘듦을 인정하고 주변에 그것을 알릴 줄도
알아야 한다. 나를 해치지 않을 사람들에게 솔직하게 나
의 문제를 털어놓고 할 수 있는 모든 치유의 수단을 다 적
용해 봐야 한다. 충분히 다시 날아오를 수 있는 마음을 버
티기만 하느라 죽어버리면 너무 슬프지 않겠는가.

0 에서
100 까지

바쁘게 사는 것이야말로 최고의 덕목이며 바쁘게만 지내면 언젠가는 자기도 성공을 손에 넣을 거라고 착각하는 사람들을 자주 본다. 물론 성실함은 삶을 살아가는 데 있어서 빼놓을 수 없는 태도인 것은 맞지만 성실한 태도로 삶을 대하는 것과 단순히 분주하게만 매일을 움직이는 것은 엄밀히는 좀 다른 이야기인 것 같다.

과연 세상에 안 바쁜 사람이 몇이나 될까. 다 각자의 일들로 분주한 매일을 지내고 있다. 하지만 바쁘게만 살면 모든 일이 다 잘 풀릴 것이라는 말이 정말이라면 도대체 왜 성공을 거머쥔 사람은 극소수에 불과할까?

막연한 바쁨과 구체적인 바쁨이 따로 있기 때문이 아닐까.

막연하게 바쁘기만 한 사람들은 자신이 하는 일에 관한 방법이나 원리를 생각하기보다는 내가 지금 바쁘게 움직이고 있다는 '상황'에만 집중한다. 그러다 보니 너무 큰 그림만 짜놓는 등 목표를 잘못 설정하거나 목표 설정을 그런대로 잘 해두었다고 하더라도 스스로에게 너무나도 인색하기만 할 뿐이다. 그들은 그런 태도가 효율적이라고 믿으며 그 방법만이 옳다고 믿는다.

하지만 옛말에 '천 리 길도 한 걸음부터'라는 말도 있지 않은가. 가야 할 길은 멀었는데 당장 성과가 하나도 보이지 않으면 지치기만 하고 충분히 잘 해낼 수 있는 일조차도 버겁게 다가올 수밖에 없다. 그야말로 막연하게 바빠하기만 하는 것이다.

반대로 큰 성공을 손에 넣은 사람들이 공통적으로 지니고 있는 사고방식이 있다. 바로 자기 일을 큼지막하게 둔 채로 막연하게 뛰어드는 게 아니라 그것을 최대한 자잘하게 쪼개고는 그 하나하나를 개별적으로 생각한다는 점이다. 다르게 말하면 그들은 그 하나하나의 개별적인 일들을 해낼 때마다 일일이 성취감을 느끼고 스스로를 축하해주는 것은 물론 작더라도 자신에게 보상을 부여해 준다는 말이 된다.

가야 할 길이 멀고 해야 할 일이 클수록 조그만 것들에 집중하는 일은 중요하다. 세상의 거의 모든 일이라는 게 갑자기 0에서 100이 되는 게 아니라 '하나만 더'가 뭉쳐져서 완성되는 식으로 이루어지기 때문이다. 내가 원하는 삶을 살기 위해서는 작은 성취감을 소중히 대하는 연습을 게을리해서는 안 된다.

흐린 뒤 맑음

그럴 수
있는 일

어느 음식점에 갔을 때였다.

종일 한 끼도 먹지 못한 날이었기에 배가 고팠다. 다행히도 음식은 금방 나와서 기분 좋게 먹어보려고 하는데 문득 보기에 추가로 넣어달라고 주문한 재료가 하나 안 들어가 있는 것 같았다. 그런데 하필 빨간 국물 음식이라 그 재료가 들어간 건지 안 들어간 건지를 확실히 알아보기가 힘들었다. 조금 불편하지만 종업원을 불러 여쭤보았다. 주문을 받았던 아르바이트생이 아닌 사장님으로 보이는 분이 오셨고 나는 차분하게 재료가 제대로 추가된 게 맞느냐고 물었다.

이내 사장님은 시뻘게진 얼굴로 곧 '아르바이트생이 온 지 얼마 안 돼서 실수가 있었습니다. 다시 만들어드릴게요. 죄송합니다'라고 말씀하셨다. 하지만 나는 배가 많이 고픈 상태였으므로 괜찮다고 말하곤 그냥 내 앞에 놓인 음식을 먹기 시작했다.

얼마나 지났을까. 주방에서 아르바이트생을 혼내는 소리가 들리는 게 아닌가. 몇 마디의 말이 더 오가고 아르바이트생은 풀죽은 표정으로 화장실로 갔다.

왠지 미안한 마음이 들었다. 내가 까다로운 주문을 넣지만 않았다면. 사장님을 불러 물어보지만 않았다면. 그 아르바이트생은 기분 좋게 퇴근하고 오늘도 정말 보람찼다고 말하며 하루를 마무리할 수 있지 않았을까. 물론 그건 막연히 미안한 마음이었다. 그 아르바이트생이 실수를 한 것도 맞고 정당한 돈을 지불하고 그에 맞는 음식을 제공받을 권리가 있었던 내가 확인을 요청한 것도 합당한 일이었다. 하지만 왜 그렇게도 미안했던 건지.

　누구나 처음이거나 익숙하지 않은 것들 앞에선 미숙하고 서툴기 마련이다. 나도 두려워했고 자신있게 하지 못했던 것들이 많았다. 운전면허를 딸 때도 발표 수업을 할 때도 긴장한 나머지 습관처럼 체하기 일쑤였다.

　카페 아르바이트를 할 때였다. 그곳에는 나보다 나이는 어렸지만 카페 일에는 훨씬 더 능숙한 사람이 있었다. 잘 모르는 걸 물어봐도 친절히 알려주곤 해서 참 괜찮은 사람이라는 생각이 드는 직원이었다. 하지만 어느 날 대걸레를 빨러 화장실에 갔을 때 그 사람이 누군가와의 전화에서 내 이야기를 하는 걸 듣고 그 첫인상은 완전히 무너져버렸다. 내가 아르바이트할 때 했던 실수와 서툰 실력을 넘어서 일과 전혀 관련이 없는 악담까지 모두 내가 모르는 누군가에게 웃으며 떠들고 있었다. 나는 조용히 화장실을 빠져나왔다. 그 사람은 그 뒤에도 가끔 나에 관한 뒷얘기를 하곤 했다.

수많은 두려움들, 처음이라서 또는 익숙하지 않아서 겪는 초조하고 막막한 감정들을 어떻게든 스스로가 안아 줘야 했다. 한번은 일어날 일이었어. 그럴 수 있는 일이었어. 처음부터 잘할 수는 없는 일이야. 그 사람도 나처럼 느렸을 거야. 어쩌면 나보다도 큰 실수를 했을지도 몰라. 그렇게 이불 속에서 내가 나를 토닥여줘야 했다.

그럴 수 있는 일을 그럴 수 있는 일이라고 말해주는 것만큼 중요한 건 없다. 누군가가 살아감에 있어서 주변 사람들이 '내 편'이 되어주는 것이 큰 힘이 되는 것도 때로는 하루라도 더 살 수 있게 해주는 것도 다 그런 말과 행동이 깔려 있어서라고 생각한다. 그럴 수 있어. 실수해도 괜찮아. 그렇게 진심으로 말해주는 사람이 있다는 것만큼 힘이 되는 일은 없다. 내가 버틸 수 있었던 것도 그런 말의 힘 때문이었다.

오늘 하루는 어땠을까. 혹시나 힘든 일이 있었다면 당신에게 이렇게 말해주고 싶다. 그럴 수 있는 일이다. 당연히 그럴 수 있는 일이다. 익숙하지 않으니 당연히 그럴 수 있다. 괜찮다. 다 괜찮다. 오늘도 그 누구보다 고생했다.

증상

음악을 듣거나 영화를 보다가 나도 모르게 눈물이 톡 떨어진다는 건 내가 나의 마음을 몰라봐 주고 있었다는 뜻이다. 분명히 평소와 같은 하루인데 유난히 아침에 눈을 뜨기가 힘들다거나 한숨이 자꾸 나온다는 건 마음속에 내가 못 본 척 외면하고 있는 것이 있다는 뜻이다. 먹어도 먹어도 배가 고프거나 입어도 입어도 추위를 느낀다는 건 외로움을 느끼고 있다는 뜻이다. 반대로 무엇을 먹어도 맛이 제대로 느껴지지 않고 입에 넣는 것이 귀찮다는 것은 내가 나를 그다지 예뻐하지 않고 있다는 뜻이다.

그럴 땐 유난이라고 생각하거나 웃어넘기기만 해서는 안 된다. 스스로를 나약하다고 몰아세우지도 말아야 한다. 그 대신 내 지난 며칠과 오늘이 어떤지를 가만히 살펴봐 줄 필요가 있다. 그 작은 보살핌들이 누군가가 대신 해줄 수 없는 마음의 예방 활동이 되어 사소한 마음의 감기를 말끔하게 낫게 해줄 테니.

허물을
벗는 시간

한 뇌과학자가 방송에 나와 인간의 마음은 사실 갑각류와 비슷한 것 같다는 말을 한 적이 있다.

"제가 처음에 생물학을 전공했거든요. 그때 신기하게 생각했던 생물이 게나 가재 같은 갑각류였어요. 왜냐하면 인간은 척추동물이잖아요. 바깥에는 말랑말랑한데 안에 뼈가 있어요. 갑각류는 뼈가 없어요. 바깥 껍질이 단단해요. 근데 그렇게 단단하면 어떻게 성장해요? 성장을 할 땐 어떻게 해야 해요? 맞아요. 허물을 벗어요. 허물을 벗고 나오는데 아무리 힘이 센 대왕 가재나 게라도 자기 허물을 벗고 나온 순간에는 말랑말랑해서 누구에게든 잡아

먹힐 수 있고 상처받기 가장 쉬운 순간이에요. 저는 재밌다고 생각한 게 내가 성장할 수 있는 순간은 오직 내가 가장 상처받을 수 있고 약해진 그 순간이라는 거예요."

생각해 보면 정말 그랬다. 마음이 더없이 지옥에 있을 때 당장이라도 존재 자체가 사라져 버릴 것 같고 아주 작은 일조차도 제대로 해낼 수 없을 것만 같아 나 자신을 들여다보지 못하곤 했다. 하지만 그 시간이 다 지나가고 난 이후에 다시금 그때와 비슷한 상황을 마주했을 때 그때처럼 그 순간이 벅차고 힘들지 않다는 것을 체감하고 나서야 알게 모르게 나도 조금 더 강해지고 성장했다는 것을 깨닫곤 했다.

어딘가에는 분명 더없이 순탄한 삶을 살면서도 인격적으로 성숙한 사람도 있을 거라고 생각했던 시절이 있었다. 이제는 그만큼 허무맹랑한 이야기도 없다는 것을 잘 안다. 사람은 고통 없이는 절대 성장할 수 없는 동물이다.

처절한 고통 속에서 한 걸음씩 겨우 발을 내딛어야만 조금이라도 앞으로 나아갈 수 있다.

이 글을 읽는 누군가도 나름의 힘든 시기를 겪다가 홀린 듯 이 글자들을 쫓고 있을지도 모른다. 부디 이 글자들이 스치는 바람에도 상처받을 정도로 약해져 있는 당신의 마음에 위로가 된다면 좋겠다. 바로 지금과 같은 순간들을 겪어내야만 훗날 더 단단한 마음을 갖게 될 것이다. 언젠가는 지금과 같은 시련을 만나도 웃어넘길 수 있는 멋진 사람이 될 거라는 말을 모든 진심을 담아서 건넨다.

우리는 더 강해질 거다.

주변부터

어떤 사람 한 명을 본 적이 있다. 그 사람은 주변에서 늘 다정하고 선한 영향력을 행사하는 사람으로 유명했다. 아닌 게 아니라 정기적으로 해외 후원 단체에 적지 않은 돈을 쾌척하고 시간이 날 때마다 유기견 센터 봉사를 다니는 모습을 SNS에 적극적으로 공유하고 있었으니 어쩌면 그와 같은 존경을 받는 것은 당연한 수순이었을 것이다.

어쩌다 그에게 식사 초대를 받게 되었을 때였다. 그는 내게 함께 장을 보고 집으로 가자고 했고 나는 알겠다고 대답했다. 그가 사는 곳은 도심에서 조금 떨어진 곳에 있는 전원주택이었으므로, 우리는 적지 않은 거리를 움직여 그의 동네로 가야 했다.

거리에 파와 배추를 비롯한 채소를 파는 어르신이 있었다. 마침 오늘 장을 봐야 할 것 중에 파와 배추도 있었으니 저것을 사면 좋겠다고 말했다. 하지만 그는 거들떠도 보지 않으며 '마트에서 사는 게 깨끗해요'라고 말하는 것이었다. 나는 조금 놀랐지만 초대를 받은 입장이었으므로 순순히 그를 따랐다. 유난히 바람이 찬 날이었는데 어르신의 옷차림은 더없이 초라한 것이 마음에 걸렸다.

장을 보고 도착한 집 마당에는 개 한 마리가 묶여 낑낑대고 있었다. 그를 보고서는 그 짧은 줄이 세차게 흔들릴 정도로 꼬리를 흔들며 애달픈 목소리를 내기 시작했다. 주변에는 텅 비어 있는 밥그릇과 물그릇이 나동그라져 있었다. 하지만 그는 이번에도 그의 개를 무시하곤 말없이 문을 열고 들어가기만 하는 것이었다.

그날 그가 만들어준 음식은 제법 맛이 있었고 그와 나눈 대화도 충분히 즐거웠지만, 그 집을 나서면서는 기분이 그다지 유쾌하지 않았다. 개는 여전히 짧은 줄에 묶인 채로 낑낑거리고 있었고 내 눈에만큼은 더는 그 사람은 좋은 사람이 아니었다. 물론 가판대에서 채소를 파는 어르신보다 해외 아동을 후원해야 하는 이유, 짧은 줄에 묶여 있는 개보다 유기견들을 굽어살펴야 하는 나름의 이유가 그에게는 있을 수 있었겠지만, 나에게만큼은 그 시점부터 그의 선행들이 보여주기식으로밖에는 여겨지지 않았다.

모두에게 존경받을 만큼 대단히 착한 사람이 되어야겠다는 생각에 무턱대고 세상에서 가장 어두운 곳으로 향하고 세상에서 가장 힘들어 보이는 사람들부터 도우려 드는 사람이 있다. 하지만 하나는 알고 열은 모르는 행동이다. 바깥에서 아무리 좋은 사람이라는 말을 많이 들어도 내 가족과 내 주변 사람에게 무심하면 진정성을 의심받을 수밖에는 없다.

  먼 곳만큼이나 가까운 곳을 살펴보지 못한다면 아무
리 선한 마음이 있다고 해도 아무 소용 없다는 것을 하루
라도 빨리 깨달아야 한다. 내 주변에서 힘들어하고 있는
사람은 없는지부터 살펴보고 내가 책임져야만 하는 것들
부터 책임져야 함을 잊지 말자. 착함에도 순서라는 게 있
는 법이다.

응원

난 널 믿는다는 말. 나를 실망시키지 말라는 말. 과연 이게 좋은 응원일까, 하고 생각했던 적이 있었다. 어느 정도의 기분 좋은 압박감을 줘서 정말로 응원의 효과를 낼 수도 있겠지만, 어쩌다 한번 미끄러지기라도 한다면 그 기대에 부응하지 못했다는 미안함과 죄책감을 순식간에 뒤집어써 버리게 될 텐데. 만약 내가 그런 상황에 처해 있다면 기분 좋은 고양감보다는 부담감을 훨씬 더 많이 느낄 것 같았다.

"제대로 못해도 괜찮으니까 일단 해봐."

"오늘 실패하더라도 나는 너를 앞으로도 계속 응원할

거야."

　오히려 이렇게 최대한 무게감을 덜어낸 마음을 보내
주는 것이 더 건강한 응원일지도 모른다. 만약 내가 중요
한 일을 앞두고 있고 누군가가 내게 그런 응원을 건네준
다면, 나는 당장이라도 마음에서 쓸데없는 힘을 빼낼 수
있을 것만 같다. 그래서 내 앞에 있는 일을 더 거뜬하게 해
낼 것만 같다. 당장은 잘 해내지 못한다고 하더라도 언제
든 다시 일어서서 맞서 싸울 수 있을 것만 같다.

건강한
조언

조언이라는 가면을 쓰고 자신의 우월함을 뽐내거나 상대방을 마음대로 구워삶는 것이 아닌, 진실하고도 올바른 조언을 하기 위해서는 무엇보다도 공감을 기반에 둔 경청이 필요하다. 다시 말하면, 상대방의 상황과 감정을 깊이 이해하려는 태도에서 시작하여 조언을 건네야한다.

공감을 기반으로 한 경청이 중요한 이유는 조언은 상대방의 필요를 중심으로 해야 하기 때문이다. 대부분의 사람들은 조언을 구할 때 단순히 해결책을 듣기 위해서가 아니라 자신의 감정과 고민을 인정받고 싶어 한다. 그

러므로 나는 이성적인 사람이라는 생각과 상대방에게 실
질적인 도움을 줘야 한다는 생각에 도취되어 공감 없이
조언만 던지면 이는 마치 상대방에게 '네 감정은 무시해
도 좋은 감정이며 무조건 내가 옳다'는 메시지처럼 느껴
질 수 있다. 이는 가뜩이나 연약해져 있는 상대방에게 상
처를 줄 가능성이 크다. 예를 들어 친구가 '요즘 너무 직
장 생활 때문에 힘들어'라고 말했을 때 곧바로 '체력과 시
간을 관리하는 것도 일의 일환이야'라고 해결책부터 제시
하면 공감보다는 부담으로 작용할 수 있다. 몇 단계에 걸
쳐서 상대방의 감정을 인정하고 질문을 통해 스스로 답을
찾도록 돕는 것이 좋다.

　1단계는 인정이다. 무엇을 소재로 했던 상대방의 감정
을 인정하는 말로 대화를 시작해야 한다. 예를 들어 '너무
힘들겠다. 네가 얼마나 고민했을지 이해가 돼'와 같은 말
을 건넨다면 상대방을 안심시키고 대화의 분위기를 더 활
기차게 만들 수 있다.

2단계는 탐색이다. '어떤 부분이 가장 힘들었는데?' 또는 '네 생각엔 어떤 방법이 가장 도움이 될 것 같아?'와 같은 질문을 던지는 것이다. 이 과정에서는 상대방이 스스로 해결책을 찾도록 돕는 것이 핵심이다.

그리고 마지막 3단계가 바로 조언의 단계다. 상대방이 스스로 해결책을 찾지 못해서 내게 구체적인 도움을 요청할 때만 조언을 제안해야 한다. 물론 이때도 '내가 너라면 이런 선택을 고민해 볼 것 같아'와 같이 자신의 입장을 제시하며 강요가 아닌 조언으로 느낄 수 있도록 말투에 신경을 쓸 필요가 있다.

이처럼 공감을 기반으로 한 경청은 단순한 말하기가 아니라 상대방의 감정 듣기를 우선하고, 상대방이 스스로 답을 찾아가도록 돕는 데 초점이 맞춘 부드럽고도 효과적인 방법이다. 항상 누군가에게 조언하겠다는 이유로 너무 많은 말을 해버린 나머지 좋은 마음으로 시작한 일이 애

매하게 흘러갈 때가 있지 않은가. 조언을 통해 강요나 상처를 주는 것이 아니라 진정한 도움과 지지를 건넬 줄 아는 사람이 되는 것, 소중한 사람을 더 소중하게 그리고 더 오래 곁에 두는 방법이다.

진심이라서

앞으로의 인생을 통째로 뒤바꿀 만한 큰 시험을 치르거나 일생일대의 중요한 프로젝트를 맡은 사람들이 다른 누구보다도 감정이 격앙되어 있는 모습을 자주 볼 수 있다. 너무도 간단한 것을 잊었다고 말하며 눈물을 흘리거나 그때 왜 그렇게 바보 같은 선택을 했는지를 자책하며 땅을 치고 후회한다. 그리고 그 격한 감정의 원인은 대부분 그와 같은 실수와 패착들이 평소의 자신이었다면 하지 않았을 실수였고 결정이었기에 그렇다.

당연한 일이다. 그들이 능력이 없거나 멍청해서 그런 게 아니다. 사람이 원래 그렇다. 중요한 상황에 놓여 있을

수록 그리고 그 상황에 신경을 쏟고 있을수록 옳고 그름을 구분할 수 있는 힘이 약해지고 감정적으로 생각하고 결정하게 된다.

그러니 중요한 일 앞에서 나답지 않은 실수를 하거나 후회할 만한 결정을 저질렀을 때마다 아쉬워는 하되 너무 심하게 자책할 필요는 없다. 그저 '그럴 수 있는 일'이 벌어졌다고 생각하면 그만이다. 다 내가 그 일에 진심이라서 그런 거니까. 그리고 내가 정말 그 일에 진심이라면, 진심으로 기다린다면, 좋은 기회는 다시 나를 찾아와줄 테니까.

체력의
보호

꼭 회사 생활을 하는 사람이 아니어도 드라마 <미생>의 대사들은 현대를 사는 우리들에게 언제나 크고 작은 가르침을 준다고 생각한다. 극 중 주인공의 바둑 스승이 과거의 주인공에게 건넸던 체력에 관한 조언 역시 마찬가지다.

"네가 이루고 싶은 게 있다면 체력을 먼저 길러라. 네가 종종 후반에 무너지는 이유, 데미지를 입은 후에 회복이 더딘 이유, 실수한 후 복구가 더딘 이유도 다 체력의 한계 때문이야. 체력이 약하면 빨리 편안함을 찾게 되고 그러면 인내심이 떨어진다. 그리고 그 피로감을 견디지 못하면 승부 따위는 상관없는 지경에 이르지. 이기고 싶다면 네 고민을 충분히 견뎌줄 몸을 먼저 만들어.”

이 말은 바둑 대국에서 종종 지쳐서 나가떨어지고 말았던 주인공에게 '바둑 스승으로서' 건넸던 말이지만, 바둑이 아닌 삶 전반으로 시야를 넓혀서 보더라도 충분히 유효하다.

누구에게나 비슷한 경험이 있을 것이다. 마음속에는 분명히 해내고 싶은 것이나 가서 닿고 싶은 곳이 있고 그것을 해내기 위해서 해야 할 일이 무엇인지도 잘 아는데 몸이 안 따라줬던 기억. 그것을 해내기엔 현실적으로는 무리라는 생각이 하루만큼씩 늘어나서 만족스러운 결과를 손에 넣지 못했던 기억. 결국 나는 안 되는 사람이라는 생각에 끝없이 비참해지기만 했던 기억 말이다.

만약이라는 말은 참 부질없는 말이지만 그래도 만약

을 생각해 보게 된다. 만약 그때 내가 조금 더 튼튼한 몸을 갖고 있었으며 그 덕분에 더 많이 움직이고 고민할 수 있었다면 결과는 달라지지 않았을까 하고. 어쩌면 승부를 가른 것은 정말로 나의 튼튼함이 부족해서가 아니었을까 하고.

나는 그 만약의 경우를 뒤늦게 긍정한다. 아무리 강한 정신을 지녔다고 해도 체력의 보호 없이는 소용없었다는 것을 인정한다. 마음만의 강함과 몸만의 강함. 뭐든지 한쪽으로 치우치면 좋지 않다는 것. 세상의 어떤 일이 됐든 마음만으로는 부족하다는 것을 이제는 잘 안다.

따뜻한
기다림

　　얼굴만 봐도 고민이 있어 보이는 사람에게 무슨 힘든 일이라도 있냐고 물어보면 처음에는 아무것도 아니라고 하다가 꼭 나중에 눈물을 뚝뚝 흘린다. 하는 일이 어렵지는 않느냐고 물어도 일단은 모든 것이 순조롭다고 말하다가 나중에 가서야 어려운 점을 털어놓기 시작한다. 누구와 대화하든 비슷하다. 보통은 시시콜콜한 이야기들만 앞서서 나오고 진심은 뒤늦게 등장하곤 하는 것이다. 그 사실을 몰랐을 땐 간혹 그 사람이 앞에 뱉은 괜찮다는 말만 듣고는 얼른 자리를 떠서 그 사람의 진짜 고민을 들어주지 못하는 경우도 많았다.

나는 진심에도 무게라는 것이 있다고 생각한다. 그게 어떤 말이 됐든 거기에 진심이 많이 담겨 있으면 그 무게감으로 인해 그 말은 다른 말들보다 느리고 묵직하게 입 밖으로 나온다.

정말로 잘 듣는 사람, 경청을 잘하는 사람이 되기를 원한다면 늘 충분한 시간을 들이고 참을성 있게 상대방의 말을 들어줘야 한다. 조금만 더 기다려 보면 그 사람이 내어놓는 마음속 깊은 이야기를 들을 수 있다. 그리고 그 순간 우리는 서로에게 가장 필요한 사람이 되어 있을 것이다. 그러니 서두르지 말자. 따뜻한 기다림 속에서 나누어진 진심은 결국 가장 아름다운 순간으로 돌아올 테니까. 진심은 늘 느리지만 그 기다림 끝에는 우리가 더 가까워질 수 있는 순간이 기다리고 있다.

나를
위한 저울질

　　어떤 사람은 모두에게 친절해야 한다고 말한다. 하지만 나와 같은 보통의 사람들에게는 그만큼이나 어려운 일이 없다. 모두에게 친절하다 보면 어느 한 사람이라도 나를 쉽게 보기 마련이며 나의 친절에 무뎌져 고마움과 소중함을 잊는 사람이 생기기 때문이다.

　　무작정 퍼주기만 하는 것은 착한 것이 아니라 바보 같은 것이라는 말도 있지 않은가. 때로는 사람과 사람 사이에서 저울질을 해줄 필요도 있다. 좀 약게, 영리하게 관계를 맺을 필요가 있다. 그런 생각을 하는 것은 이기적이거나 계산적인 사람이 되는 것이 아니라 슬기로워지는 것이다. 관계를 끊음으로써 내가 잃을 것들을 생각해야 하고 관계를 계속함으로써 내가 잃을 것들을 생각해야 한다. 또 관계를 끊고 맺음으로써 내가 얻을 수 있는 것들 역시 생각해야 한다.

무엇보다 중요한 과정은 나의 소중함에 대해 다시 한 번 생각해 보는 것이다. 당신이 진정으로 아끼는 누군가가 그 사람을 소중하게 여기지도 않는 사람들 때문에 쩔쩔매고 슬퍼하고 있는 것을 보면 어떤 기분이 들 것 같은가? 속상하지 않겠는가? 당신 역시 마찬가지다. 당신에게도 당신은 얼마나 소중한 존재인가. 아무런 대답도 호응도 반응도 마음도 돌아오지 않는 관계는 나를 메마르게만 만들 뿐이다.

저울질이 끝났다면, 그리고 저울이 현저하게 기울어져만 있다면, 이제는 그만 안녕을 생각해야 할 때다.

이별
앞에서

진심으로 사랑했던 사람과의 이별은 늘 두렵고 아프다. 한때는 나이가 들면 괜찮아질 줄 알았지만 아무리 시간이 흐르고 관계에 능숙해져도 이별만큼은 익숙해지지 않았다. 당연한 일이다. 사랑했던 사람이 하루아침에 낯선 사람이 되어버리고 함께했던 시간들이 더는 현재가 아닌 과거가 되어버리는 순간. 그 허전함과 상실감은 쉽게 메워지지 않는다.

하지만 이별이 곧 끝을 의미하는 것만은 아니다. 시간이 흐르면 알게 된다. 그 아픔 속에서도 나는 배우고 성장하고 있다는 것을. 사랑을 하며 내가 얼마나 애썼는지, 또 어떤 부분에서 더 나아질 수 있는지를 비로소 돌아보게 된다.

이별 후의 하루하루는 쉽지 않다. 어떤 날은 미련이 남고 어떤 날은 후회가 밀려올 수도 있다. 하지만 언젠가 이 시간이 지나고 나면, 나는 조금 더 단단해지고 조금 더 다정한 사람이 되어 있을 것이다. 그리고 그 변화를 겪고 나면 언젠가 더 깊은 사랑을 할 수 있을 것이다.

이별은 아픔으로만 남겨둘 수도 있지만, 나를 더 나은 사람으로 만들어 줄 수도 있다. 결국 이별도 삶의 일부이기에 나는 그것을 견디고, 지나고, 다시 사랑할 수 있을 것이다.

네가
　좋아할 것 같아서

　　선물은 언제나 반갑게만 다가오지는 않는다.
가끔은 예상치 못한 순간에 건네진 선물이 어쩐지 부담스
러울 때도 있다. 나와 잘 맞지 않는 선물을 받을 때면 '이
걸 어떡해야 하나' 하는 고민이 앞선다. 그냥 고맙다고 받
아야 할까? 아니면 솔직하게 말해야 할까? 선물이란 분
명 누군가가 나를 생각해 준 결과인데, 그 마음을 소중하
게 받아들이면서도 한편으론 어색한 기분이 드는 건 어쩔
수 없다.

　　선물의 본질은 결국 기쁨이다. 우리가 무언가를 선물
하고 싶어질 때를 떠올려 보면 알 수 있다. '이걸 주면 저

사람이 좋아하겠지?' 하는 마음이 들 때 선물을 고른다.
결국 좋은 선물이란 받는 사람이 부담 없이 기쁘게 받아
들일 수 있는 것이 아닐까.

좋은 선물은 자연스러워야 한다. 서로 선물을 주고받
을 만큼 가까운 사이인지, 이 순간이 정말 선물을 건네기
에 적절한 때인지 돌아볼 필요가 있다. 아직 친밀하지 않
은 관계에서 건네는 선물은 기쁨보다 부담이 될 수도 있
다. 꼭 무언가를 주어야만 마음을 표현할 수 있는 건 아니
니까. 또한 좋은 선물은 순수한 마음에서 나와야 한다. 어
떤 보답을 기대하며 건네는 선물이라면 그것은 마음이 아
니라 거래가 된다. 선물은 '네가 좋아할 것 같아서', '이걸
보니 네가 떠올라서'라는 단순한 마음에서 나올 때 가장
빛난다. 상대를 생각하는 마음이 담긴 선물은 크기나 가
격과 상관없이 오래 기억에 남는다.

사실 우리가 주고받은 선물 중 가장 따뜻한 기억으로

남는 건 값비싼 물건이 아니라 그 순간의 마음이다. 꼭 특별한 날에 건네는 거창한 물건이 아니어도 좋다. '이걸 네가 좋아할 것 같아서'라는 마음이 담긴다면 그것만으로도 충분하다. 그리고 그런 선물을 주고받을 때 나와 당신은 조금 더 행복해질 수 있다.

잘만
지내기를

나는 밤에 울리는 전화벨 소리가 가장 무섭다. 그리고 들여다본 핸드폰 화면에 띄워져 있는 이름이 그다지 자주 마주하지 않는 이름이라면 더더욱 그렇다.

그런 갑작스러운 연락은 보통 안 좋은 소식을 동반한다는 것을 몇 명의 가까운 사람을 떠나보내면서 깨닫게 됐기 때문이다. 한때 가깝게 지내던 사람이 밤중에 크게 다쳤거나 세상을 떠났단다. 가까운 사람의 가족이 큰일을 겪었단다. 다녀오겠다고 말하고 나간 사람이 며칠째 집으로 돌아오지 않고 있단다.

그때마다 세상에는 왜 이렇게도 험한 일이 자주 일어나는가 싶어서 가슴이 두근거린다. 이렇게 안 좋은 소식만 전해주는 거라면 이까짓 핸드폰 차라리 버려둔 채로 살고 싶다는 생각마저 든다. 왜 내 주변의 좋은 사람들, 열심히 사는 착한 사람들에게만 이런 일이 일어나는가 싶어 세상이 원망스럽기도 하다.

그렇다 보니 차라리 무소식이 희소식이라는 말에 격하게 공감하면서 지내고 있다. 나와는 조금 소원해지고 서로에게 소홀해질지언정 별다른 일 없이 잘 지내는 것이 오히려 행복이고 다행이라고 생각하게 된 거다.

자주 안 만나도 되고 당신 역시 나를 깜빡 잊어도 되니까 잘만 지내기를 바란다. 커다란 소식으로 다가오기보다는 아주 가끔 느긋한 시간대에 따로 연락할 일이 없을 만큼 무탈하게 잘 지내고 있다고 슬쩍이라도 말해주길 바란다. 이제 나는 그것으로도 충분하다.

명명

사람과 사람 사이의 관계라는 것은 참 신기하다. 악기 연주는 오래 할수록 유려해지고 요리와 그림 그리기 역시 마찬가지다. 글쓰기와 운전하는 일도 투자한 시간에 비례해 능숙해지는 것이 당연한데 누군가와 관계를 맺는 것은 오래 함께할수록 오히려 무뎌지거나 삐걱거리는 일이 잦아지기 때문이다.

설렘이 덜해진 데에서 오는 권태로움과 이미 상대방을 전부 파악하고 있다는 데에서 오는 자신감 때문도 있겠지만 무엇보다도 큰 원인이 되는 것은 바로 서로가 서로에게 당연한 존재가 되었다는 생각 때문이다. 나는 당신 곁에 있는 것이 당연하고 당신이 내 곁에 있는 것도 당연하니 서로를 떠나지 않을 거라는 생각 때문에 놓치는 것들이 많다.

그런 생각이 여실히 드러나는 부분이 바로 서로를 부르는 이름의 변화다. 상대방을 알게 된 지 얼마 안 됐을 때는 혹시라도 나의 부름이 거슬리게 들릴까 싶어서 아주 다정하게 그를 부르려 애썼을 것이다. 누구누구 님부터 시작해서 누구누구 씨, 나아가 우리 누구누구, 자기야 등등, 남이 듣기에 거북할 정도로 다정한 호칭이 오갔을 것이다.

하지만 시간이 흐르면서는 점점 짧아지고 거칠어지기 시작했을 것이다. 둘 사이에 흐르는 기류가 조금이라도 냉랭해지기 시작하면 '야'랄지 '니'와 같은 말을 아무렇게나 던지며 화를 북돋웠을지도 모른다.

누구는 사이가 가까워지면서 호칭도 편해져도 되는 것 아니냐고 말할지 모르지만 사실 상대방을 부르는 일만큼 관계에서 기본적이면서 중요한 일은 없다. 사람만큼이나 감각과 감정을 연결 지은 채로 살아가는 동물은 없다. 그리고 그중 가장 예민한 감각의 영역 중 하나가 바로 듣는 영역이다.

같은 내용을 담고 있다고 하더라도 그것을 '조심스럽게 건네는 것'과 '아무렇게나 던지는 것'은 전혀 다른 결과를 부른다. 혹 기분이 나쁘다는 것을 표현한다고 할지라도 상대방을 다정하게 부르느냐 아니면 거칠게 부르냐에 따라 나의 마음을 솔직하게 보여주며 관계를 풀어갈 수도 있고 상대방의 기분까지도 망쳐버리면서 더 큰 다툼을 불러올 수도 있다.

가깝고 소중한 사이일수록 오히려 더 신경 써야 하는 부분이 있다. 보기 좋게 예쁜 접시에 담겨 나온 음식이 더

먹기 좋은 것처럼 상대방을 부르는 다정한 호칭이 있어야 그 이후에 시작될 대화도 더 수월해진다. 내가 요즘 사랑하는 사람을 어떻게 불렀는지 다시 생각해 볼 때다.

성숙한
사랑

사랑은 언제나 어렵다. 유치해지지 말아야 하고 한 번이라도 더 상대방을 이해해 줘야 하는데 그게 마음처럼 되지 않는다.

그날도 마찬가지로 내 마음이 내 마음 같지 않아서 '성숙한 사랑을 하는 사람이 되고 싶다'고 생각하다가, 과연 성숙한 사랑이란 무엇인지가 궁금해져서 주변 사람들에게 물은 적이 있다.

어떤 사람은 '내 감정 때문에 상대방의 감정을 외면하지 않는 것'이 성숙한 사랑이라고 했다. 또 다른 사람은

'그 사람의 소중함을 잊지 않고 계속 감사하려고 노력하는 것'이라고 답했다. 고집과 아집, 쓸데없는 자존심 같은 것들을 버려야 한다고 힘을 주어 말하는 사람도 있었다. 그런 것들은 자기는 물론 상대방과의 관계를 망쳐버리는 필요 없는 감정들이라는 이유에서였다.

하지만 그와 같은 일들 대부분은 사랑이 진행 중일 때는 좀처럼 제대로 해내지 못한다. 관계가 완벽하게 끝나고 나서야 그 사람만큼 소중한 사람은 없었고 더 많은 이해와 존중이 필요했음을 뒤늦게 깨달을 뿐이다. 하지만 그만큼이나 아무 소용 없는 일이 또 있을까. 모든 게 끝난 뒤에 깨닫고 뉘우친다고 해서 그 관계가 다시 시작되지는 않는다.

성숙한 사랑의 방법은 많기도 많다. 그리고 그 모든 방법을 아우르는 단 하나의 메시지는 어쩌면 '나와 내 관계로부터 멀어져서 보는 것'일지도 모른다. 내 감정으로부터 멀어져야 하고 나의 관성적인 관계 방식으로부터 멀어지며 '그럴 수도 있겠다'라고 생각하면서 이해의 폭을 넓혀 보아야 한다. 나의 감정에 도취되는 일이 없이 차분히 멀어진 뒤에 바라봄으로써 충동적이거나 부정적인 감정에 지배당하지 않아야 한다. 가만히 생각해 보면 아무것도 아닐 알량한 자존심은 뒤로하고 정말로 중요한 것이 무엇인지를 생각해 보는 것이다. 멀어지는 일은 때로는 그렇게 건강한 관계를 향해서는 가까워지는 일, 더 멀리 갈 수 있는 수단이 되어준다.

오래 함께하기 위해서 때로는 거리두기도 필요하다.

피어날
당신에게

꽃은 각자의 시기에 피어나는 법이다.

마치 연못 속에서 어둠과 진흙을 견디다가 기어코 피어나는 연꽃처럼, 당신의 힘든 시간은 결국 지나가고 그간의 모든 고난도 한결 더 단단해진 내일의 당신을 위한 밑거름이 될 것이다. 그러니 지금은 마음 한구석에 어둠이 드리워져 있을지라도 그 속에서 조용히 스며드는 희망의 빛을 잊지는 말기를 바란다.

어려움은 모두가 겪는 하나의 과정일 뿐이다. 그 시간들은 당신이 앞으로 맞이할 따뜻한 계절의 전주곡에 지나지 않는다. 오늘의 고통과 불안은 언젠가는 희미한 기억이 되어 사라질 것이고 그 자리에는 당신만의 눈부신 순간이 찾아온다. 모든 고난은 지나간다. 그 후에 찾아오는 평화로운 시간은 오직 당신만을 위한 것이다.

지금의 아픔에 너무 매달리지 말기를. 그 아픔은 결국 스스로를 더 깊이 이해하고 따뜻한 사랑과 위로를 받아들일 준비를 하는 시간이 될 테니까. 내일은 오늘보다 훨씬 더 밝고 부드럽게 다가올 것이며 당신은 그 속에서 행복을 되찾을 테니까.

꼭 기억해주길 바란다.
당신은 그 누구보다 소중하고
결국 당신만의 아름다운 꽃을 피울 사람이라는 사실을.

흐린 뒤
　　　맑음

　　　　　　세상살이가 유난히 어렵게 느끼는 이유는 꼭
안 좋은 일들만 몰려서 오는 시기가 한 번씩 있기 때문이
다.

　　　매일 해야 할 일들을 해치우기에도 모자란 시간인데
마음먹은 대로 흘러가지 않는다. 한 가지만 안 풀려도 힘
든데 그럴 때면 꼭 모든 게 말썽이다. 가뜩이나 힘든데 몸
도 곳곳이 삐걱대기 시작한다. 한 명만으로도 벅찬데 이
사람 저 사람들이 나를 미워하거나 아프게 한다.

　　　그렇게 누가 봐도 좋지 않은 상황을 겪고 있다 보면 꼭

세상이 일부러 나를 미워하는 것만 같다는 생각이 든다. 이미 '엎친 데 덮친 격'이라는 말이 너무도 잘 어울리는 처지가 됐으니 이다음에 또 뭔가 안 좋은 일이 찾아와도 그다지 이상하지 않겠다고도 생각하게 된다.

하지만 안 좋은 일들이 몰아서 나를 덮쳤다는 건 곧 좋은 일이 나타날 거라는 징조다. 해가 뜨기 전이 가장 춥고 어둡다는 말이 있는 것처럼, 추운 밤이 지나가고 나면 늘 뜨겁고 밝은 해가 떠올랐던 것처럼 정말로 안 좋은 일을 무더기로 겪고 나면 그다음엔 언제 그랬냐는 듯 좋은 일들만 일어날 수도 있다.

막연히 운에 기대는 말처럼 느껴질 수도 있겠지만 충분히 수학적으로도 설명할 수 있는 흐름이다. 똑같은 동전 4개를 순서대로 던지고 앞면의 개수를 세어보면, 한 차례 던질 때마다 앞면이 나오는 횟수와 순서가 제각각임을 볼 수 있다. 어떨 땐 동전 네 개가 모두 앞면을 보여줄 때도 있지만, 반대로 모든 동전이 뒷면만을 보여줄 때도 있다. 또 '앞뒤앞뒤'나 '뒤앞뒤앞'처럼 앞면과 뒷면이 번갈아 나올 때도 있을 것이며 '앞앞뒤뒤'나 '뒤뒤앞앞', '뒤뒤뒤앞'처럼 어느 한 면이 앞쪽이나 뒤쪽에 몰려서 분포되는 회차도 있을 것이다.

동전의 앞면이 우리 삶의 좋은 일이라고 가정하고 뒷면이 안 좋은 일이라고 가정했을 때 우리는 보통 인생이라는 게 좋은 일과 안 좋은 일이 '앞뒤앞뒤'나 '뒤앞뒤앞'과 같이 균형 있게 흘러갈 것이라고 착각한다.

하지만 그와 같은 규칙적인 분포는 동전 네 개로 만들 수 있는 무려 열여섯 가지 경우의 수 중 단 두 가지에 불과하다. 다르게 이야기하면 좋은 일과 나쁜 일이 균등하게 반복될 확률은 고작 10퍼센트 정도밖에는 안 된다는 말이 된다. 나쁜 일이 몰려서 오는 것도 충분히 가능하고 반대로 좋은 일이 몰려서 오는 것도 충분히 가능하다는 뜻이 되는 것이다.

세상의 이치가 그렇다. 나쁜 일이 몰려서 오는 것과 비슷한 확률로 좋은 일도 몰려서 오곤 한다. 다만 우리가 그 나쁜 일의 흐름에 너무도 깊이 매몰되어 '내 인생은 왜 이런 식일까?'라고 생각할 뿐이다.

우리에게 필요한 것은 나쁜 흐름을 끊기 위해 자신의 인생은 저주받은 인생이라며 비관하는 게 아니라 '쓰러지지 않을 만한 마음의 힘'을 비축해 두는 일이다. 이 잔인한 날들도 결국에는 다 흘러갈 것이며 잘 버티고 있다 보면 언젠가는 좋은 날도 올 것이라고 생각할 수 있는 힘만 있다면 정말로 '뒤뒤앞앞'처럼 고생 끝에 좋은 일만 몰려오는 날도 '앞앞앞앞'처럼 행복만 가득한 날도 맞이할 수 있게 된다.

유능함을
잊지 않도록

전 세계 사람들의 이목이 집중되는 스포츠 경기를 보면 가끔 중요한 순간을 앞둔 선수를 가까운 앵글에서 잡아줄 때가 있다. 그들은 한껏 상기된 표정으로 시도 때도 없이 팔다리를 흔들며 몸의 근육을 푸는데에 여념이 없다. 그리곤 입으로 자꾸만 무언가를 중얼거리곤 하는데, 과연 무슨 말을 그렇게 쉬지도 않고 읊조리는 건가 싶어 그 입 모양을 자세히 바라보면 그들이 하는 말은 전부 같은 말이었다.

"할 수 있다. 할 수 있다. 할 수 있다..."

꼭 스포츠 경기에서만 볼 수 있는 장면이 아니다. 시험 장으로 향하는 학생들의 입에서도 중요한 발표를 앞둔 회사원의 입에서도 할 수 있다는 혼잣말은 시시때때로 새어나온다.

나는 누구에게나 그런 혼잣말이 유효하며 또 필요하다고 생각한다. 우리는 모두 깊이 생각하고 또 의심하는 존재들이기에 한편으로는 자꾸만 우리의 유능함을 까먹고 몰라주곤 하기 때문이다. 해낼 수 없을 거라는 걱정과 다시 실수해 버리고 말 거라는 불안함이 우리를 집어삼킬 때는 해냈던 순간들과 실수를 극복했던 순간들을 까맣게 잊어버리고 만다. 그렇게 마음이 완전히 불안에 잠식당하고 나면 충분히 잘할 수 있었던 일도 두려워하게 되고 결국에는 머릿속으로만 그리고 있던 실수를 고스란히 재현하게 된다.

그때 나를 그 불안의 늪에서 꺼내줄 수 있는 일은 내가 얼마나 괜찮고 훌륭한 사람인지를, 지금은 그렇지 못하더라도 한때 얼마나 훌륭했었는지를 스스로 일깨워주는 일이다. 나는 무언가를 해냈던 사람이고 지금도 할 수 있는 사람, 앞으로도 해낼 수 있는 사람이라는 것을 잊지 않게끔 해줘야 한다. 잊더라도 다시 기억해 낼 수 있게끔 상기시켜 줘야 한다.

할 수 있다.

할 수 있다.

할 수 있다.

행복했으면 좋겠어
너에게는 늘 따스하고 예쁜 날들만 가득하기를

ⓒ 이보람 지음

초판 1쇄 • 2025년 03월 05일
초판 2쇄 • 2025년 03월 28일

지은이 • 이보람
펴낸이 • 김영재
마케팅 • 염시종, 고경표
디자인 • 염시종
제작처 • 책과6펜스
펴낸곳 • 물결출판사
출판등록 • 2021년 5월 21일 제2021-000019호
이메일 • highest@highestbooks.com
ISBN • 979-11-93282-21-2